汪曾祺小全集

淖记事

汪曾祺 著

汪朗 王干 主编

江苏凤凰文艺出版社

图书在版编目（CIP）数据

大淖记事 / 汪曾祺著；汪朗，王干主编. — 南京：江苏凤凰文艺出版社，2024.8（2025.7重印）

（汪曾祺小全集）

ISBN 978-7-5594-6803-1

Ⅰ.①大… Ⅱ.①汪… ②汪… ③王… Ⅲ.①中篇小说－小说集－中国－当代②短篇小说－小说集－中国－当代 Ⅳ.①I247.7

中国版本图书馆CIP数据核字（2022）第074962号

大淖记事

汪曾祺 著　　汪朗、王干 主编

出版人	张在健
策　划	李黎　王青
责任编辑	孙建兵　李珊珊　胡泊
特约编辑	王晓彤
责任印制	杨丹
出版发行	江苏凤凰文艺出版社
	南京市中央路165号，邮编：210009
网　址	http://www.jswenyi.com
印　刷	江苏扬中印刷有限公司
开　本	889毫米×1194毫米　1/32
印　张	11.375
字　数	160千字
版　次	2024年8月第1版
印　次	2025年7月第2次印刷
书　号	ISBN 978-7-5594-6803-1
定　价	298.00元（全10册）

江苏凤凰文艺版图书凡印刷、装订错误，可向出版社调换，联系电话 025-83280257

目录

- 001 老鲁
- 031 复仇
- 047 囚犯
- 059 戴车匠
- 077 邂逅
- 095 羊舍一夕——又名:四个孩子和一个夜晚
- 144 大淖记事
- 177 天鹅之死
- 187 七里茶坊
- 213 鸡毛
- 229 故里杂记
- 257 云致秋行状

301	金冬心
311	日规
326	辜家豆腐店的女儿
334	小学校的钟声
353	抽象的杠杆定律

老 鲁

去年夏天我们过的那一段日子实在很好玩。我想不起别的恰当的词儿,只有说它好玩。学校四个月发不出薪水,饭也是有一顿没一顿的吃。——这个学校是一个私立中学,是西南联大的同学办的。校长、教务主任、训育主任、事务主任、教员,全部都是联大的同学。有那么几个有"事业心"的好事人物,不知怎么心血来潮,说是咱们办个中学吧,居然就办起来了。基金是靠暑假中演了一暑期话剧卖票筹集起来的。校址是资源委员会的一个废弃的仓库,有那么几排土墼墙的房子。教员都是熟人。到这里来教书,只是因为找不到,或懒得找别的工作。这也算是一个可以栖身吃饭的去处。上这儿来,也无须通过什么关系,说一句话,就来了。

也还有一张聘书，聘书上写明每月敬奉薪金若干。薪金的来源，是靠从学生那里收来的学杂费。物价飞涨，那几个学杂费早就教那位当校长的同学捣腾得精光了，于是教员们只好枵腹从教。校长天天在外面跑，通过各种关系想法挪借。起先回来还发发空头支票，说是有了办法，哪儿哪儿能弄到多少，什么时候能发一点钱。说了多次，总未兑现。大家不免发牢骚，出怨言。然而生气的是他说谎，至于发不发薪水本身倒还其次。我们已经穷到了极限，再穷下去也不过如此。薪水发下来原也无济于事，顶多能约几个人到城里吃一顿。这个情形，没有在昆明，在我们那个中学教过书的人，大概无法明白。好容易学校挨到暑假，没有中途关门。可是一到暑假，我们的日子就更特别了。

钱，不用说，毫无指望。我们已好像把这件事忘了。校长能做到的事是给我们零零碎碎的弄一餐两餐米，买二三十斤柴。有时弄不到，就只有断炊。菜呢，对不起，校长实在想不出办法。可是我们不能吃白斋呀！有了，有人在学校荒草之间发现了很多野生的苋菜（这个学校虽有土筑的围墙，墙内照例是不除庭草，跟野地也差不多）。这个菜云南人叫做小米菜，人不吃，大都是摘来喂猪，或是在胡萝卜田的堆锦织绣的丛绿之中留一两棵，到深秋时，在夕阳光中红晶晶的，看着好玩。——昆明的胡萝卜田里几乎都有一两棵通红的苋菜，这是种菜人的超乎功利，纯为观赏的有意安排。学校里的苋菜多肥大而嫩，自己动手去摘，半天可得一大口袋。借一二百元买点油，多加大蒜，爆炒一下，连锅子掇上桌，味道实在极好。能赊得到，有时还能到学校附近小酒店里赊半斤土制烧酒来，大家就着碗轮流大口大口地喝！小米菜虽多，经不起十几个正在盛年的为人师者每天食用，渐渐地，被我们吃光了。于是有人又认出一种野菜，说也可以吃的。这种菜，或不如说这种草更恰当些，枝叶深绿色，如猫耳大小而有缺刻，有小毛如粉，放在舌头上拉拉的。这玩意北方也有，叫做"灰藋菜"，也有叫讹了叫成"回回菜"的。按即庄子所说"逃蓬藋者闻人足音则跫然喜"之"藋"也。据一个山东同学说，如果裹了面，和以葱汁蒜泥，蒸了吃，也怪好吃的。可是我们买不起面粉，只有少施油盐如炒苋菜办法炒了吃。味道比起苋菜，可是差远了。还有一种菜，独茎直生，周附柳叶状而较为绵软的叶子，长在墙角阴湿处，如一根脱了毛的鸡毛掸子，也能吃。不知为什么没有尝试过。大概这种很古雅的灰藋菜还足够我们吃一气。学校所在地名观音寺，是一荒村，也没有什么地方可去。时在暑假，我们的眠起居食，皆无定时。早起来，各在屋里看书，或到山上四处走走，看看时间差不多了，就相互招呼去"采薇"了。下午常在校门外不远处一家可以欠账的小茶棚中喝茶，看远山近草，车马行人，看一阵大风卷起一股极细的黄土，映在太阳光中如轻霞薄绮，看黄土后面蓝得好像要流下来的天空。到太阳一偏西，例当想法寻找晚饭菜了。晚上无灯——交不出电灯费教电灯公司把线给铰了，大家把口袋里的存款倒出来，集资买一根蜡烛，会聚在一个未来的学者、教授的屋里，在凌乱的衣物书籍之间各自找一块空间，躺下坐好，天南地北，乱聊一气。或回忆故乡风物，或臧否一代名流，行云流水，不知所从来，也不知向何处去，高谈阔论，聊起来没完，而以一烛为度，烛尽则散。生活过成这样，却也无忧无虑，兴致不浅，而且还读了那么多书！

啊呀，题目是《老鲁》，我一开头就哩哩拉拉扯了这么些闲话干什么？我还没有说得尽兴，但只得打住了。再说多了，不但喧宾夺主，文章不成格局（现在势必如此，已经如此），且亦是不知趣了。

但这些事与老鲁实有些关系，老鲁就是那时候来的。学校弄成那样，大家纷纷求去，真为校长担心，下学期不但请不到教员，即工役校警亦将无人敢来，而老鲁偏在这时会儿来了。没事在空空落落的学校各处走走，有一天，似乎看见校警们所住的房间热闹起来。看看，似乎多了两个人。想，大概是哪个来了从前队伍上的朋友了（学校校警多是退伍的兵）。到吃晚饭时常听到那边有欢笑的声音。这声音一听即知道是烧酒所翻搅出来的。嗷，这些校警有办法，还招待得起朋友啊？要不，是朋友自己花钱请客，翻作主人？走过门前，有人说："汪老师，来喝一杯。"我只说："你们喝，你们喝。"就过去了，是哪几个人也没有看清。再过几天，我们在挑菜时看见一个光头瘦长个子穿半旧草绿军服的人也在那里低着头掐灰藋菜的嫩头。走过去，他歪了头似笑不笑地笑了一下。这是一种世故，也不失其淳朴。这个"校警的朋友"有五十岁了，额上一抬眉有细而密的皱纹。看他摘菜，极其内行，既迅速且准确。我们之中有一位至今对摘菜还未入门，摘苋菜摘了些野茉莉叶子，摘灰藋菜则更不知道什么麻啦蓟啦的都来了，总要别人再给鉴定一番。有时拣不胜拣，觉得麻烦，就不管三七二十一，哗啦一起倒下锅。这样，在摘菜时每天见面，即心仪神往起来，有点熟了。他不时给我们指点指点，说哪些菜吃得，哪些吃不得。照他说，可吃的简直太多了。这人是一部活的《救荒本草》！他打着一嘴山东话，说话神情和所用字眼都很有趣。

后来不但是蔬菜，即荤菜亦能随地找得到了。这大概可以说是老鲁的发明。——说"发明"，不对，该说什么呢？在我看，那简直就是发明：是一种甲虫，形状略似金龟子，略长微扁，有一粒蚕豆大，村里人即叫它为蚕豆虫或豆壳虫。这东西自首夏至秋初从土里钻出来，黄昏时候，漫天飞，地下留下一个一个小圆洞。飞时鼓翅作声，声如黄蜂而微细，如蜜蜂而稍粗。走出门散步，满耳是这种营营的单调而温和的音乐。它们这样营营地，忙碌地飞，是择配。这东西一出土即迫切地去完成它的生物的义务。等到一找到对象，便在篱落枝头息下。或前或后于交合的是吃，极其起劲地吃。所吃的东西却只有一种：柏树的叶子。也许它并不太挑嘴，不过爱吃柏叶，是可以断言的。学校后面小山上有一片柏林，晌晚时这种昆虫成千上万。老鲁上山挑水，——老鲁到朋友处闲住，但不能整天抄手坐着，总得找点事做做，挑水就成了他的义务劳动，——回来说，这种虫子可吃。当晚他就提了好多。这一点不费事，带一个可以封盖的瓶罐，走到哪里，随便在一个柏枝上一捋，即可有三五七八个不等。这东西是既不挣扎也不逃避的，也不咬人螫人。老鲁笑嘻嘻地拿回来，掐了头，撕去甲翅，动作非常熟练。热锅里下一点油，煸炸一下，三颠出锅，上盘之后，洒上重重的花椒盐，这就是菜。老鲁举起酒杯，一连吃了几个。我们在一旁看着，对这种没有见过的甲虫能否佐餐下酒，表示怀疑。老鲁用筷子敲敲盘边，说："老师，请两个嘛！"有一个胆大的，当真尝了两个，闭着眼睛嚼了下去："唔，好吃！"我们都是"有毛的不吃掸子，有腿的不吃板凳"的，于是饭桌上就多了一道菜，而学校外面的小铺的酒债就日渐其多起来了。这酒账是下学期快要开学时才由校长弄了一笔钱一总代付了的。豆壳虫味道有点像虾，还有点柏叶的香味。因为它只吃柏叶，不但干净，而且很"雅"。这和果子狸、松花鸡一样，顾名思义即可知道一定是别具风味的山珍。不过，尽管它的味道有点像虾，我若是有一盘油爆虾，就绝不吃它。以后，即使在没有虾的时候也不会有吃这玩意的时候了。老鲁呢，则不可知了。不管以后吃不吃吧，他大概还会念及观音寺这地方，会跟人说："俺们那时候吃过一种东西，叫豆壳虫……"

不久，老鲁即由一个姓刘的旧校警领着见了校长，在校警队补了一个名字。校长说："饷是一两个月发不出来的哩。"老刘自然知道，说不要紧的，他只想清清静静地住下，在队伍上时间久了，不想干了，能吃一口这样的饭就行（他说到"这样的饭"时，在场的人都笑了）。他姓鲁，叫鲁庭胜（究竟该怎么写，不知道，他有个领饷用的小木头戳子，上头刻的是这三个字），我们都叫他老鲁，只有事务主任一个人叫他的姓名（似乎这样连名带姓地叫他的下属，这才像个主任）。济南府人氏。何县，不详。和他同时来的一个，也"补上"了，姓吴，河北人。

什么叫"校警"，这恐怕得解释一下，免得过了一二十年，读者无从索解。"校警"者，学校之警卫也。学校何须警卫？因为那时昆明的许多学校都在乡下，地方荒僻，恐有匪盗惊扰也。那时多数学校都有校警。其实只是有几个穿军服的人（也算一个队），弄几支旧枪，壮壮胆子。无非是告诉宵小之徒：这里有兵，你们别来！年长日久，一向又没有发生过什么事情，这个队近于有名无实了。他们也上下班。上班时抱着一根老捷克式，搬一条长凳，坐在门口晒太阳，或看学生打篮球。没事时就到处走来走去，嘴里咬着一根狗尾巴草，"朵朵来米西"，唱着不成腔调的无字曲。这地方没有什么热闹好瞧。附近有一个很奇怪的机关，叫做"灭虱站"，是专给国民党军队消灭虱子的。他们就常常去看一队瘦得脖子挺长的弟兄开进门去，大概在里面洗了一通，喷了什么药粉，又开出来，走了。附近还有个难童收容所。有二三十也是饿得脖子挺长的孩子，还有个所长。这所长还教难童唱歌，唱的是"一马离了西凉界，不由人一阵阵泪洒胸怀"，而且每天都唱这个。大概是该所长只会唱这一段。这些校警也愿意趴在破墙上去欣赏这些瘦孩子童声齐唱《武家坡》。他们和卖花生的老头搭讪，帮赶马车的半大孩子钉马掌，去看胡萝卜，看蝌蚪，看青苔，看屎克螂，日子过得极其从容。有的住上一阵，耐不住了，就说一声"没意思"，告假走了。

学校负责人也觉得这样一个只有六班学生的学校，设置校警大可不必，这两支老枪还是收起来吧，就一并捆起来靠在校长宿舍的墙角上锈生灰去了。校警呢，愿去则去，愿留的，全都屈才做了本来是工友所做的事了。人各有志，留下来的都是喜爱这里的生活方式的。这里的生活方式，就是：随便。你别说，原来有一件制服在身上，多少有点拘束，现在脱下了二尺半，想穿什么就穿什么，就更添了一分自在。可是他们过于喜爱这种方式，对我们就不大方便。他们每天必做的事是挑水。当教员的，水多重要！上了两节课，唇干舌燥。到茶炉间去看看，水缸是空的。挑水的呢？他正在软草浅沙之中躺着，眯着眼在看天上的云哩。毫无办法，这学校上上下下都透着一股相当浓厚的老庄哲学的味道：适性自然。自从老吴和老鲁来了，气象才不同起来。

老吴留长发，梳了一个背头。头顶微秃，看起来脑门子很高。高眉直鼻、瘦长身材，微微驼背。走路步子很碎，稍急一点就像是在小跑。这样的人让他穿一件干干净净的蓝布长衫比穿军服要合适得多(他怎么会去当兵,是一个谜)。他的家乡大概离北京不远,说的是相当标准的"国语",张嘴就是"您哪,您哪"的。他还颇识字,能读书报,字也写得不错,酒后曾在墙上题诗一首:

  山上青松山下花
  花笑青松不及他
  有朝一日狂风起
  只见青松不见花

兴犹未尽,又题了两句:

  贫居闹市无人问
  富在深山有远亲

"补上"不久,有发愤做人之意,又写了一副对联:

烟酒不戒哉

不可为人也

老吴岁数不比老鲁小多少,也是望五十的人了,而能如此立志,实在难得。——不过他似乎并未真的戒掉。而且,何必呢!因为他知书识字,所管工作是进城送公函信件。在家时则有什么做什么,从不让自己闲着。哪里地不平,下雨时容易使人摔跤,他借了一把铁锹平了,垫了。谁的窗户纸破了(这学校里没有一扇玻璃,窗户上都是糊着皮纸),他瞧在眼里,不一会儿就打了糨糊来糊上了,糊得端端正正,平平展展,连一个褶子都没有。而且出主意教主人出钱买一点清油来抹上,说这样结实,也透亮。果然!他爱整洁,路上有草屑废纸,他见到,必要捡去。整天看见他在院里不慌不忙而快快地走来走去。他大概是很勤快的。当然,也有点故示勤快。有一天,需派人到城里一个什么机关交涉一宗公事,教员里都是不入官衙的,谁也不愿去。有人说:"让老吴去!"校长把自己的一套旧西服取下来,说:"行!"老吴换了那身咖啡色西服,梳梳头,就去了。结果自然满好,比我们哪个去都好。因此,老吴实际上是介乎工友与职员之间的那么一个人物。老吴所以要戒除嗜好,立志为人,所争取的,暂时也无非是这样的地位。他已经争取到了。

一到快放暑假时,大家说:完了,准备瘦吧。不是别的,每年春末夏初,几乎全校都要泻一次肚,泻肚的同时,大家的眼睛又必一起通红发痒。是水的关系。这村子叫观音寺,按说应该不缺水,——观音不是跟水总是有点联系的么?可是这一带的大地名又叫做黄土坡,这倒真是名副其实的。昆明春天不下雨,是风季,或称干季,灰沙很大。黄土坡尤其厉害。我们穿的衣服,在家里看看还过得去。一进城就觉得脏得一塌糊涂。你即使新换了衣服进城,人家一看就知道是从哪里来的:我们的头发总是黄的!学校附近没有河,——有一条很古老的狭窄的水渠,雨季时渠里流着清水,渠的两岸开满了雪白的木香花,可是平常是干涸的,也没有井,我们食用的水只能从两处挑来:一个是前面胡萝卜田地里的一口塘;一个是后面山顶上的一个"龙潭"。龙潭,昆明人叫泉水为龙潭。那也是一口塘,想是下面有泉水冒上来,故终年盈满,水清可鉴。在龙泉边坐一坐,便觉得水气沁人,眼目明爽。如果从山上龙潭里挑水来吃,自然极好。但是,我们平日饮用、炊煮、漱口、洗面的水实都是田地里的塘水。塘水是雨水所潴积,大小虽不止半亩,但并无源头,乃是死水,照一学生物的同学的说法:浮游生物很多。他去舀了一杯水,放在显微镜下,只见草履虫、阿米巴来来往往,十分活跃。向学校抗议呀!是的。找事务主任。主任说:"我是管事务的,我也是×××呀!"这意思是说,他也是一个人,也有不耐烦的时候。他跟由校警转业的工友三番两次说:"上山挑!"没用。说一次,上山挑两天;第三天,仍旧是塘水。你不能看着他,不能每次都跟着去。实在的,上山路远,路又不好走。也难怪,我们有时去散散步,来回一趟,还怪累的,何况挑了一担水乎?再说,山上风景不错,可是没人没伴,一个人挑着两桶水,斤共斤共走着,有什么意思?田里塘边常常有几个姑娘媳妇锄地薅草,漂衣洗菜,谈谈笑笑,热闹得多。教员们呢,不到眼红肚泻时也想不起这码事。等想起来,则已经红都红了,泻都泻了。到时候每人一包六味地黄丸或舒发什么片,倒了一杯(还是塘里挑来的)水,相对吞食起来。自从老鲁来了,情况才有所改变。老鲁到山上、田里两处都看了看,说底下那个水"要不的"。——老鲁的专职是挑水。全校三百人连吃带用的水由他一个人挑,真也够瞧的。老鲁天一模糊亮就起来,来回不停地挑。一担两桶。有时用得急,一担四桶。四桶水,走山路,用山东话说:"斤半锅盔,——够呛。"可是老鲁像不在意。水挑回来,还得劈柴。劈了柴,一个人关在茶炉间里烧。自此,我们之间竟有人买了茶叶,泡起茶来了!因为水实在太方便。老鲁提了一个很大的铅铁水壶,挨着个儿往各个房间里送,一天送三次。

下一学期开始后,学校情况有所好转。昆明气候好，秋来无一点萧瑟之感。只是百物似乎更老熟深沉了一些。早晚稍凉，半夜读书写字须加一件衣服。白天太阳照着，温暖平和，完全像一个稍稍删改过一番的春天。经过了雨季，草木都极旺盛。波斯菊开犹未尽，绮丽如昔。美人蕉结了籽，远看猩红一片，仍旧像开着花。饭能像一顿饭那样开出，破旧的藤箱里还有一件毛衣，就允许人们对未来做一点梦。饭后课余，在屋前小草坪上，各人搬一把椅子，又漫无边际地聊开了。昆明七八年，都只是一群游子，谁也没有想到在这里落地生根。包括老吴和老鲁。教员里有的是想出国的，有的想到清华、北大当助教，也有想回家乡办一种什么事业……有一位老兄似乎自己是注定了要当副教授的。他还设想他有一所小住宅，三间北房，四白落地，后面还有一个小园子，可以种花种菜。他还把老吴、老鲁也都设计在他的住宅里。老吴住前院，管洒扫应对。主人不在，有客人来，沏茶奉烟，请客人留字留言。他可偷空到天桥落子馆里坐坐。他去买东西，会跟铺子里要一个二八回扣。老鲁呢，挑水，还可以把左邻右舍的用水都包下来，包括对门卖柿子的老太婆的。唔，老鲁多半还要回家种两年地。到地里庄稼被蝗虫吃光了时，又会坐在老吴的屋里等主人回来，请求还在这里吃一碗饭……他把将来的生活设想这样具体，而且梦寐以求，有点像契诃夫小说《醋栗》中的主人，于是大家就叫他"醋栗"。醋栗先生对这个称呼毫不在意。这时正好老吴给他送来两封远地来信和一卷报刊，老鲁提了铅壶来送水，他还当真把他们叫住，把这个设想告诉他们，征求他们的同意。一个说："好唉好唉"，一个说"那敢情好！"

醋栗先生的设想，不是毫无道理。他自己能不能当副教授，我不敢替他下保证，他所设想老吴和老鲁的前途，倒是相当有根据，合乎实际的。世界上会有很多副教授，会有那么一所小宅子，会有一定数量的能够洒扫应对的老吴和一辈子挑水的老鲁的。

自从老吴和老鲁来了，学校的教员中竟分成了两派。一派拥护老吴，一派拥护老鲁。有时为了他们的优劣竟展开了辩论（其实人是不能论优劣的，优劣只能用于钢笔、手表、热水壶，这些东西可以有个绝对标准）。人之爱恶，各不相同，不能勉强。从拥护老鲁和老吴上，也可以看出两派人的特点，一派重实际，讲功利；一派重感情，多幻想。人以群分，物以类聚，什么地方都有这两类人。我是拥鲁一派。老鲁来了，我们且问问他：

"老鲁，你累不累？"

"累什么，我的精神是顶年幼儿的来！"

这个"顶年幼儿的"，好新鲜的词儿！老鲁身体很好（老吴有时显得有点衰颓）。他并不高大，但很结实。他不是像一个运动员那样浑身都是练出来的腱子肉，他是瘦长的，连他的微微向外的八字脚也是瘦瘦长长且是薄薄的，然而他一天挑那么多的水！他哪里来的那么多的力气呢？老鲁是从沙土里长起来的一棵枣树。说像枣树好像不大合适。然而像什么呢？得，就是枣树！

老鲁是见过世面的。有一天，学校派我进城买米（我们那个学校，教员都要轮流做这一类的事），我让老鲁跟我一同去，因为我实在不善于做这一类事。老鲁挟着两个麻袋，走到米市上，这一家抄起一把看看，那一家抄起一把看看，显得很活泼。米有成色粗细，砂多砂少，干湿之分，这些我都不懂，只是很有兴趣跟在他后面，等他看定了付钱。他跟一个掌柜的论了半天价，没有成交。"不卖？好，不卖咱们走下家！"其实他是看中了这份米。哪里走什么下家呢，他领着我去看了半天猪秧子，评头论足了半天，转身又走回原来那家铺子，偏着身子（像是准备买不成立刻就走），扬着头（掌柜的高高地爬在米垛子上），"哎，胡子！卖不卖，就是那个数，二八，卖，咱就量来！"掌柜的乐了乐，当真就卖了，大概是因为一则"二八"这个数他并不吃亏；二则这掌柜显然也极中意这个称呼，他有一嘴乌青匝密的牙刷胡子！——诸位，我说的这些有点是题外之言。我真的要说的是另外一件事。就是买米的这一天，我知道老鲁是见过世面的。我们在进城的马车上，马车上坐的是庄稼人、保长、小茶棚的老板娘（进城去买办芝麻糖葵花子），还有两个穿军装的小伙子。这两个小伙子大概是机械士或勤务兵,显得很时髦。一个的手腕上戴着手表(我仔细瞧了瞧,这只表不走,只能装装样子),一个的左边犬齿上镶了金牙,金牙上嵌了绿色的桃形饰物。这两个低声说话,忽然无缘无故地大声说:"我们哪里没有去过,什么'交通工具'没有坐过!飞机、火车、坦克车,法国大莱钢丝床!"老鲁没有什么表示,只是低着头抽他的烟。等这两个下了车,端着肩膀走了,老鲁说:"两个烧包子!"好!这真是老鲁说的话!

老鲁十几岁就当兵了。他在过的部队的番号,数起来就有一长串。这人的生活写出来将是一部骇人的历史。我跟老鲁说:"老鲁,什么时候你来,弄一点酒,谈谈你自己的事情。"老鲁说:"有什么可谈的?作孽受苦就是了。好唉,哪天。今儿不行,事多。"说了几次,始终没有找到适当机会。

我只是片片段段地知道,老鲁在张宗昌手下当过兵。"童子队",他说。我到现在还不知道这三个字怎样写,是"童子队",还是"筒子队"。听那意思大概是马弁。"童子队,都挑一些年轻漂亮小伙子,才出头二十岁。"老鲁说。大家微笑。笑什么呢?笑老鲁过去的模样。大家自然相信老鲁曾经是个年轻漂亮的小伙子,盒子炮,两尺长的鹅黄色的丝穗子!他说了一点张大帅的事,也不妨说是老鲁自己的事吧:"大帅烧窑子。北京。大帅走进胡同。一个最红的窑姐儿。窑姐儿叼了支烟(老鲁摆了个架势,跷起二郎腿,抬眉细眼,眼角迤斜),让大帅点火。大帅说:'俺是个土暴子,俺不会点火。'豁呵,窑姐儿慌了,跪下咧,问你这位,是什么官衔。大帅说:'俺是山东梗,梗,梗!'(老鲁翘起大拇指,圆睁两眼,嘴微张开。从他的神情中,我们大概知道'梗梗梗'是一个什么东西,但是这三个字实在不知道该怎么写。大帅的同乡们,你们贵处有此说法么?)窑姐儿说,你老开恩带我走吧。大帅说:'好唉!'(大帅也说'好唉'?)真凄惨(老鲁用了一个形容词),烧!大帅有令:十四岁以下,出来;十四岁过了的,一个不许走,烧!一烧烧了三条街,都烧死咧。"老鲁的叙述方法有点特别。你也许不大明白。可不是，我也不知这究竟是咋一回事，大帅为什么要烧窑子？这是什么年头的事？我们就大概晓得那么一回事就得了。当然，老鲁也是点火烧的一个了，他是"童子队"嘛。

另外，我们还知道一点老鲁吃过的东西。其一是猪食。队伍到了一个地方，什么都没有了。饿了好几天了，老百姓不见影子，粮食没有一颗。老鲁一看，嘻！有个猪圈。猪是早没有了，猪食盆在呐。没有办法，用手捧了两把。嘻，"还有两爿儿整个包谷一剖俩的呢，怪好吃！"老鲁说，这比羊肉好吃多了。"比羊肉好吃？"有人奇怪。唉，什么羊肉，白煮羊肉。"也是，老百姓都逃了，拖到一只羊，杀倒了，架上火烀烂了，没盐！"没盐的羊肉，你没吃过，你就无法知道那多难吃，何况，又是瘪了多少日子的肚子！啧啧，老鲁吃过棉花。那年，败了，一阵一阵地退。饿得太凶了，都走不动，"有的，"老鲁说，"像一个空口袋似的就出溜下去了。"昏昏糊糊的。"队伍像一根烂草绳穿了一绳子烂鞋。"（老鲁的描写真是奇绝！）实在饿极了。

老鲁说:"不觉得那是自己。"可是得走呀。在那个一眼看不到一棵矮树、一块石头的大平地上走。(这是什么地方?)浑身没一丝力气,光眼皮那还有点动(很难想象),不撑住,就搭拉下来了。老鲁看见前头一个人的衣服破了一块,露出了白花花的棉花,"吃棉花!前后肚皮都贴上了。棉花啊!也就是填到肚里,有点儿东西。吃下去什么样儿,拉出来还是个什么样儿!"我知道棉花只有纤维,纤维是不易溶解的,没想到这点科学常识却在一个人的肚肠里得到证实。

老鲁的行伍生活,我所知道的,只有这些。

老鲁这辈子"下来"过好几次。用他的话说,当兵叫"补上",不当了,叫"下来"。他到过很多大城市,在上海、南京都住过。下来时,自然是都攒了一些钱。他说他在上海曾经有过两间房子。"有过"是什么意思呢?是从二房东那里租来的,还是在蕴藻浜那样的地方自己用茅草盖的呢?我没有问清楚。在南京,他弄过一个磨坊。这是抗战以前的事。一打仗,他摔下就跑了。临走时磨坊里还有一百六十多担麦子！离开南京，身上还有一点钱，钱慢慢花完了，"又干上咧"。老鲁是"活过来的"，他对过去不太怀念。只有一次，我见他似乎颇有点惘然的样子。黄昏时候，在那个小茶棚前，一队驮马过去。赶马的是个小姑娘。呵叱一声，十头八匹马一起撒开步子，马背上的木鞍敲得马脊梁郭答郭答地响。老鲁眯着眼睛，目送驮马走过，兀立良久，若有所思。但是在他脱下军帽，抓一抓光头时，他已经笑了："南京城外赶驴子的，都是小姑娘，一根小鞭子，哈咪哈咪，不打站，不歇力，一口气赶三四十里地，一串几十个，光着脚巴丫子，戴得一头的花！"老鲁似乎在他的描叙中得到一点快乐。"戴得一头的花"，他说得真好。这样一来，那一百六十担麦子就再也不能折磨他了。

可是话说回来了，一百六十担麦子是一百六十担麦子呀，不是别的。一百六十担麦子比起一斗四升豆子，就更多了，也难怪老鲁提起过好几次。且说这一斗四升豆子。老鲁爱钱。他那样出力地挑水，也一半是为了钱。"公家用的"水挑完之后，他还给几个成了家，有了孩子，自己起火的教员家里挑私人用的水，多少可以得一点钱。老鲁这回"下来"，本有几个钱，约有十万多一点（我们那学期的薪水一月二万五）。他一下来时请老校警喝酒，花了一些。又为一个老朋友花了四万元。那个朋友从队伍上下来，带了一支枪，路上让人查到了，关了起来，老鲁得为他花钱，把他赎出来。一块在枪子里蹦过来的，他能不吐这个血么？剩下那点钱，再加上挑水的水钱，他就买了一斗四升豆子囤积起来。他这大概是世界上规模最小的囤积了。不过，有了一斗四，就不愁没有一百六。他等着行情涨，希望重新挣起一座磨坊。不料，什么都涨，豆子直跌！没法，就只好卖给在门口路上拉马车的。他自己常常看到那匹瘦骨嶙峋的白马，掀动着大嘴，格蹦格蹦地嚼他的豆子。可真是气人，一脱手，豆子的价钱就抬起来了！

有人问老鲁，"你要钱干什么？"意思是说：你活了大半辈子，看过多少事情，还对这个东西认识不清么？有人还告诉他几个故事：某人某人，白手起家，弄了三部卡车，跑缅甸仰光，几千万的家私，一炮就完了。护国路有一所大楼，黄铜窗槛，绿绒窗帘，里面住了一个"扁担"（昆明人管挑夫叫"扁担"）。这扁担挑了二十年，忽然发了一笔横财，钱是有了，可是生活过得很无意思。家里的白磁澡盆他觉得光滑冰冷，牛奶面包他吃不惯。从前在车站码头上一同吃猪耳朵、闷小肠的老朋友又没有人敢来高攀他，他觉得孤独寂寞，连一个能说说话的人都没有。又有一家，原是个马车夫，得了法，房子盖得半条街，又怎么呢？儿子们整天为一块瓦片吵架，一家子鸡犬不宁……总而言之，钱不是什么好东西。老鲁说："话不是这么说。眼珠子是黑的，洋钱是白的。我家里挣下的几亩地，一定叫叔叔舅舅占了，卖了。我回去，我老娘不介意（老鲁还有个老娘，想当有七十多岁了），欢欢喜喜的，'啊！我儿子回来了！'我就是光着屁股也不要紧。别人嚷，我回去吃什么？"

寒假以后，学校搬了家，从观音寺搬到白马庙。我是跟老鲁坐一个马车去的。老鲁早已到那边看过，远远的就指给我们看："那边，树郁郁的，唉，是了，就是那儿！"老鲁好像很喜欢，很兴奋。原因是"那边有一口大井，就在开水炉子旁边，方便！"

自从学校迁到白马庙，我不在学校里住，在学校附近租了一间民房，除了上课，很少到学校来。下了课，就回宿舍了。对老鲁的情况就不大了解了。

转眼过年了。一清早，到学校去看看。学校里打扫得很干净，台阶上还有几盆花！老吴在他的房间的门上贴了一副春联：

一夜连双岁
五更分二年

这是记实，又似乎有点感慨。我去看看老鲁，彼此作了一个揖，算是拜年。我听说老鲁最近不大快乐。原因是，一，和老吴的关系处得不好。老吴很受重用。事务主任近来不到校，他俨然是大总管。他穿着校长送他的咖啡色西服,叼着一个烟斗,背着手各处看来看去,有时站在办公室门口,大叫:"老鲁——!"——"耳朵上哪去了?"——"要关照你多少次!"——得,醋栗先生的计划大概要吹,老鲁和老吴不会同时待在一个小宅子里!二,是他有一笔钱又要漂。老鲁苦巴苦做,积积攒攒,也有了卯二十万样子。这钱为一个事务员借去,合资买了谷子,不知怎么弄的,久久未有下文。原因究竟是否如此,也说不清。只是老鲁的脾气变得坏了。他离群索居,吃饭睡觉都在他的茶炉间里。校警之中只有一个老刘还有时带了一条大狗上他屋里坐坐,有时跟他一处吃饭。老鲁现在几乎顿顿喝酒。"吃了,喝了,都在我肚子里,谁也别想!"意思是有谁想他的钱似的。老鲁哪里来的这么多的牢骚呢?

后来,我看老鲁脾气又好了一些,常常请客吃包子。一盘二三十个,请老刘,请一个女教员雇用的女工。我想,这可不得了,老鲁这个花法!他是怎么啦?不过了?慢慢地,我才听说,老鲁做了老板了。这包子是从学校旁边的包子铺端来的。铺子里有老鲁的十多万股本。

果然,老鲁常常蹲在包子铺的门口抽他的烟筒,呼噜呼噜。他拿着新买的烟筒向我照了照:

"我买了个高射炮!"

佛笃——吹着了纸媒,抽了一筒,非常满意的样子。

"到云南来,有钱没钱的,带两样东西回去。有钱的,带斗鸡。云南出斗鸡。没钱,带个水烟筒,——高射炮!"

今春看又过,何日是归年?老鲁啊,咱们什么时候回去呢?

一九四五年写,在昆明白马庙

复 仇

复仇者不折镆干。虽有忮心,不怨飘瓦。

——庄子

一枝素烛,半罐野蜂蜜。他的眼睛现在看不见蜜。蜜在罐里,他坐在榻上。但他充满了蜜的感觉,浓,稠。他嗓子里并不泛出酸味。他的胃口很好。他一生没有呕吐过几回。一生,一生该是多久呀?我这是一生了么?没有关系,这是个很普通的口头语。谁都说:"我这一生……"就像那和尚吧,——和尚一定是常常吃这种野蜂蜜。他的眼睛眯了眯,因为烛火跳,跳着一堆影子。他笑了一下:他心里对和尚有了一个称呼,"蜂蜜和尚"。这也难怪,因为蜂蜜、和尚,后面隐了"一生"两个字。明天辞行的时候,我当真叫他一声,他会怎么样呢?和尚倒有了一个称呼了。我呢?他会称呼我什么?该不是"宝剑客人"吧(他看到和尚一眼就看到他的剑)。这蜂蜜——他想起来的时候一路听见蜜蜂叫。是的,有蜜蜂。蜜蜂真不少(叫得一座山都浮动了起来)。现在,残余的声音还在他的耳朵里。从这里开始了我今天的晚上,而明天又从这里接连下去。人生真是说不清。他忽然觉得这是秋天,从蜜蜂的声音里。从声音里他感到一身轻爽。不错,普天下此刻写满了一个"秋"。他想象和尚去找蜂蜜。一大片山花。和尚站在一片花的前面,实在是好看极了,和尚摘花。大殿上的铜钵里有花,开得真好,冉冉的,像是从钵里升起一蓬雾。他喜欢这个和尚。

和尚出去了。单举着一只手,后退了几步,既不拘礼,又似有情。和尚你一定是自自然然地行了无数次这样的礼了。和尚放下蜡烛,说了几句话,不外是庙宇偏僻,没有什么可以招待;山高,风大气候凉,早早安息。和尚不说,他也听见。和尚说了,他可没有听。他尽着看这和尚。他起身为礼,和尚飘然而去。双袖飘飘,像一只大蝴蝶。

他在心里画不出和尚的样子。他想和尚如果不是把头剃光,他该有一头多好的白发。一头亮亮的白发在他的心里闪耀着。

白发的和尚呀。

他是想起了他的白了发的母亲。

山里的夜来得真快!日入群动息,真是静极了。他一路走来,就觉得一片安静。可是山里和路上迥然不同。他走进小山村,小蒙舍里有孩子读书声,马的铃铛,连枷敲在豆稭上。小路上的新牛粪发散着热气,白云从草垛边缓缓移过,一个梳辫子的小姑娘穿着一件银红色的衫子……可是原来描写着静的,现在全表示着动。他甚至想过自己做一个货郎来给这个山村添加一点声音的,这一会可不能在这万山之间"泼朗朗"摇他的小鼓。

货郎的拨朗鼓在小石桥前摇,那是他的家。他知道,他想的是他的母亲。而投在母亲的线条里着了色的忽然又是他的妹妹。他真愿意有那么一个妹妹，像他在这个山村里刚才见到的。穿着银红色的衫子，在门前井边打水。青石的井栏。井边一架小红花。她想摘一朵，听见母亲纺车声音，觉得该回家了，天不早了，就说："我明天一早来摘你。你在那儿，我记得！"她可以给旅行人指路："山上有个庙，庙里和尚好，你可以去借宿。"小姑娘和旅行人都走了，剩下一口井。他们走了一会，井栏上的余滴还丁丁咚咚地落回井里。村边的大乌桕树黑黑的。夜开始向它合过来。磨麦子的石碾呼呼的声音停止在一点上。

想起这个妹妹时，他母亲是一头乌青的头发。他多愿意摘一朵红花给母亲戴上。可是他从来没见过母亲戴过一朵花。就是这一朵没有戴上的花决定了他的命运。

母亲呀，我没有看见你的老。

于是他的母亲有一副年轻的眉眼而戴了一头白发。多少年来这一头白发在他心里亮。

他真愿意有那么一个妹妹。

可是他没有妹妹，他没有！

他的现在，母亲的过去。母亲在时间里停留。她还是那样年轻，就像那个摘花的小姑娘，像他的妹妹。他可是老多了，他的脸上刻了很多岁月。

他在相似的风景里做了不同的人物。风景不殊，他改变风景多少？现在他在山上，在许多山里的一座小庙里，许多小庙里的一个小小的禅房里。

多少日子以来，他向上，又向上；升高，降低一点，又升得更高。他爬的山太多了。山越来越高，山头和山头挤得越来越紧。路越来越小，也越来越模糊。他仿佛看到自己，一个小小的人，向前倾侧着身体，一步一步，在苍青赭赤之间的一条微微的白道上走。低头，又抬头。看看天，又看看路。路像一条长线，无穷无尽地向前面画过去—云过来，他在影子里；云过去，他亮了。他的衣裾上沾了蒲公英的绒絮，他带它们到远方去。有时一开眼，一只鹰横掠过他的视野。山把所有的变化都留在身上，于是显得亘古不变。他想：山呀，你们走得越来越快，我可是只能一个劲地这样走。及至走进那个村子，他向上一看，决定上山借宿一宵，明天该折回去了。这是一条线的尽头了,再往前没有路了。

他阖了一会儿眼,他几乎睡着了,几乎做了一个梦。青苔的气味,干草的气味。风化的石头在他的身下酥裂,发出声音,且发出气味。小草的叶子窸窣弹了一下,蹦出了一个蚱蜢。从很远的地方飘来一根鸟毛,近了,更近了,终于为一根枸杞截住。他断定这是一根黑色的。一块卵石从山顶滚下去,滚下去,滚下去,落进山下的深潭里。从极低的地方传来一声牛鸣。反刍的声音(牛的下巴磨动,淡红色的舌头)升上来,为一阵风卷走了。虫蛀着老楝树,一片叶子尝到了苦味,它打了一个寒噤。一个松球裂开了,寒气伸入了鳞瓣。鱼呀,活在多高的水里,你还是不睡?再见,青苔的阴湿;再见,干草的松软;再见,你硌在胛骨下抵出一块酸的石头。老和尚敲磬。现在,旅行人要睡了,放松他的眉头,散开嘴边的纹,解开脸上的结,让肩膊平摊,腿脚舒展。

烛火什么时候灭了。是他吹熄的?

他包在无边的夜的中心,像一枚果仁包在果核里。

老和尚敲着磬。

水上的梦是漂浮的。山里的梦挣扎着飞出去。

他梦见他对着一面壁直的黑暗,他自己也变细,变长。他想超出黑暗,可是黑暗无穷的高,看也看不尽的高呀。他转了一个方向,还是这样。再转,一样。再转,一样。一样,一样,一样是壁直而平,黑暗。他累了,像一根长线似的落在地上。"你软一点,圆一点嘛!"于是黑暗成了一朵莲花。他在莲花的一层又一层瓣子里。他多小呀,他找不到自己了。他贴着黑的莲花作了一次周游。丁——,莲花上出现一颗星,淡绿的,如磷火,旋起旋灭。余光霭霭,归于寂无。丁——,又一声。

那是和尚在做晚课,一声一声敲他的磬。他追随,又等待,看看到底多久敲一次。渐渐的,和尚那里敲一声,他心里也敲一声,不前不后,自然应节。"这会儿我若是有一口磬,我也是一个和尚。"

佛殿上一盏像是就要熄灭，永不熄灭的灯。冉冉的，钵里的花。一炷香，香烟袅袅，渐渐散失。可是香气透入了一切，无往不在。他很想去看看和尚。

和尚，你想必不寂寞？

客人，你说的寂寞的意思是疲倦？你也许还不疲倦？

客人的手轻轻地触到自己的剑。这口剑，他天天握着，总觉得有一分生疏；到他好像忘了它的时候，方知道是如何之亲切。剑呀，不是你属于我，我其实是属于你的。和尚，你敲磬，谁也不能把你的磬的声音收集起来吧？你的禅房里住过多少客人？我在这里过了我的一夜。我过了各色的夜。我这一夜算在所有的夜的里面，还是把它当作各种夜之外的一个夜呢？好了，太阳一出，就是白天。明天我要走。

太阳晒着港口，把盐味敷到坞边的杨树的叶片上。海是绿的，腥的。

一只不知名的大果子，有头颅那样大，正在腐烂。

贝壳在沙粒里逐渐变成石灰。

浪花的白沫上飞着一只鸟，仅仅一只。太阳落下去了。

黄昏的光映在多少人的额头上，在他们的额头上涂了一半金。

多少人逼向三角洲的尖端。又转身，分散。

人看远处如烟。

自在烟里，看帆篷远去。

来了一船瓜，一船颜色和欲望。

一船是石头，比赛着棱角。也许——

一船鸟，一船百合花。

深巷卖杏花。骆驼。

骆驼的铃声在柳烟中摇荡。鸭子叫，一只通红的蜻蜓。

惨绿色的雨前的磷火。

一城灯！

嗨，客人！

客人，这仅仅是一夜。

你的饿，你的渴，饿后的饱餐，渴中得饮，一天的疲倦和疲倦的消除，各种床，各种方言，各种疾病，胜于记得，你——把它们忘却了。你不觉得失望，也没有希望。你经过了哪里，将去到哪里？你，一个小小的人，向前倾侧着身体，在黄青赭赤之间的一条微微的白道上走着。你是否为自己所感动？

"但是我知道我并不想在这里出家！"

他为自己的声音吓了一跳。这座庙有一种什么东西使他不安。他像瞒着自己似的想了想那座佛殿。这和尚好怪！和尚是一个，蒲团是两个。一个蒲团是和尚自己的，那一个呢？佛案上的经卷也有两份。而他现在住的禅房，分明也不是和尚住的。

这间屋，他一进来就有一种特殊的感觉。墙极白，极平，一切都是既方且直，严厉而逼人。而在方与直之中有一件东西就显得非常的圆。不可移动，不可更改。这件东西是黑的。白与黑之间划出分明界限。这是一顶极大的竹笠。笠子本不是这颜色，它发黄，转褐，最后就成了黑的。笠顶有一个宝塔形的铜顶，颜色也发黑了，——两处锈出了绿花。这顶笠子使旅行人觉得不舒服。什么人戴了这样一顶笠子呢？拔出剑，他走出禅房。

他舞他的剑。

自从他接过这柄剑，从无一天荒废过。不论在荒村野店，驿站邮亭，云碓茅蓬里，废弃的砖瓦窑中，每日晨昏，他都要舞一回剑。每一次对他都是新的刺激，新的体验。他是在舞他自己，他的爱和恨。最高的兴奋，最大的快乐，最汹涌的激情。他沉酣于他的舞弄之中。

把剑收住，他一惊，有人呼吸。

"是我。舞得好剑。"

是和尚！和尚离得好近。我差点没杀了他。

旅行人一身都是力量，一直贯注到指尖。一半骄傲，一半反抗，他大声地喊：

"我要走遍所有的路。"

他看看和尚，和尚的眼睛好亮！他看着这双眼睛里有没有讥刺。和尚如果激怒了他，他会杀了和尚。然而和尚站得稳稳的，并没有为他的声音和神情所撼动，他平平静静，清清朗朗地说：

"很好。有人还要从没有路的地方走过去。"

万山百静之中有一种声音，丁丁然，坚决地，从容地，从一个深深的地方迸出来。

这旅行人是一个遗腹子。父亲被仇人杀了，抬回家来，只剩一口气。父亲用手指蘸着自己的血写下了仇人的名字，就死了。母亲拾起了他留下的剑。剑在旅行人手里。仇人的名字在他的手臂上。到他长到能够得到井边的那架红花的时候，母亲交给他父亲的剑，在他的手臂上刺了父亲的仇人的名字，涂了蓝。他就离开了家，按手臂上那个蓝色的姓名去找那个人，为父亲报仇。

不过他一生中没有叫过一声父亲。他没有听见过自己叫父亲的声音。

父亲和仇人，他一样想不出是什么样子。如果仇人遇见他，倒是会认出来的：小时候村里人都说他长得像父亲。然而他现在连自己是什么样子都不清楚了。

真的,有一天找到那个仇人,他只有一剑把他杀了。他说不出一句话。他跟他说什么呢?想不出,只有不说。

有时候他更愿意自己被仇人杀了。

有时候他对仇人很有好感。

有时候他觉得自己就是那个仇人。既然仇人的名字几乎代替了他自己的名字,他可不是借了那个名字而存在的么?仇人死了呢?

然而他依然到处查访这个名字。

"你们知道这个人么?"

"不知道。"

"听说过么?"

"没有。"

……

"但是我一定是要报仇的!"

"我知道,我跟你的距离一天天近了。我走的每一步,都向着你。"

"只要我碰到你,我一定会认出你,一看,就知道是你,不会错!"

"即使我一生找不到你,我这一生是找你的了!"

他为自己这一句的声音掉了泪,为他的悲哀而悲哀了。

天一亮,他跑近一个绝壁。回过头来,他才看见天,苍碧嶙峋,不可抗拒的力量压下来,使他呼吸急促,脸色发青,两股紧贴,汗出如浆。他感觉到他的剑,剑在背上,很重。而从绝壁的里面,从地心里,发出丁丁的声音,坚决而从容。

他走进绝壁。好黑。半天,他什么也看不见。退出来?不!他像是浸在冰水里。他的眼睛渐渐能看见面前一两尺的地方。他站了一会,调匀了呼吸。丁,一声,一个火花,赤红的。丁,又一个。风从洞口吹进来,吹在他的背上。面前飘来了冷气,不可形容的阴森。咽了一口唾沫。他往里走。他听见自己蛮蛮足音,这个声音鼓励他,教他走得稳当,不踉跄。越走越窄,他得弓着身子。他直视前面,一个又一个火花爆出来。好了,到头了。

一堆长发。长头发盖着一个人。匍匐着,一手錾子,一手铁锤,低着头,正在开凿膝前的方寸。他一定是听见来人的脚步声了,他不回头,继续开凿。錾子从下向上移动着。一个又一个火花。他的手举起,举起。旅行人看见两只僧衣的袖子。他的披到腰下的长发摇动着。他举起,举起,旅行人看见他的手,这双手!奇瘦,瘦到露骨,都是筋。旅行人后退了一步。和尚回了一下头。一双炽热的眼睛,从披纷的长发后面闪了出来。旅行人木然。举起,举起,火花,火花。再来一个,火花!他差一点晕过去:和尚的手臂上赫然有三个字,针刺的,涂了蓝的,是他的父亲的名字!

一时,他什么也看不见了,只看见那三个字。一笔一划,他在心里描了那三个字。丁,一个火花。随着火花,字跳动一下。时间在洞外飞逝。一卷白云掠过洞口。他简直忘记自己背上的剑了,或者,他自己整个消失,只剩下这口剑了。他缩小,缩小,以至于没有了。然后,又回来,回来,好,他的脸色由青转红,他自己充满于躯体。剑!他拔剑在手。

忽然他相信他的母亲一定已经死了。

铿的一声。

他的剑落回鞘里。第一朵锈。

他看了看脚下,脚下是新开凿的痕迹。在他脚前,摆着另一副锤錾。

他俯身,拾起锤錾。和尚稍为往旁边挪过一点,给他腾出地方。

两滴眼泪闪在庙里白发的和尚的眼睛里。

有一天,两副錾子同时凿在虚空里。第一线由另一面射进来的光。

约一九四四年写于昆明黄土坡

囚　犯

我们在河堤上站了一下，让跟我们一齐出城的犯人先过浮桥。是因为某种忌讳，不愿跟他们一伙走，还是对他们有一种尊重，（对于不幸的人，受苦难的人，或比较接近死亡的人的尊重？）觉得该让他们走在前头呢？两者都有一点吧。这说不清，并无明白的意识，只是父亲跟我都自然而然的停下来了。没有说一句话，觉得要停一停。既停之后，我们才相互看了一眼。父亲和我离隔近十年，重相接处，几乎随时要忖度对方举止的意义。但是含浑而不刻露，因为契切，不求甚解。体贴之中有时不免杂一丝轻微嘲讽的，不可药救的病症；嘲讽于那一段时间呢？但像刚才那么偶然一相视却是骨肉之情的微波，风中之风，水中之水。这瞬间一小过程使我们彼此有不孤零之感，似乎我们全可从一个距离外看得到这里，父亲和儿子，差肩而立，凡此皆微妙不可具说。——看来自自然然，好像什么都不为的站一站，好像要看一看对河长途汽车开来了没有，好像我要把提着的箱子放下来息一息力，我于此发现自己性格与父亲相似之处，纤细而含蓄。

我们差肩而立，看犯人过浮桥。

犯人三个，由两个兵押着。他们本来都是兵，现在一是兵，一是犯人了。一个兵荷老七九步枪，一个则腰里一根三号左轮，模样是个副班长。——凡曾度营伍生活者皆一眼可以看出副班长与班长举动神情之间有多大差异。班长是官，副班长则常顾此失彼的要维持他的官与兵之间的两难地位，有治人的责任感，有治于人的委曲，欲仰承，欲俯就，在矛盾挣扎之中他总站不稳，而显得窝囊可笑。犯人皆交叉着绑着肩胛，背后各有长绳一根牵出，捏在后面荷枪的兵的手里。犯人也都穿着灰布军服，不过破旧污脏得多。但兵与犯人的分别还在于一个有小皮带，一个没有皮带约束而更无可假借的显出衣服的不合身。——不合身的衣服比破烂衣服更可悲悯。我忽然想起一个朋友怎么样也不肯换医院的"制服"。人格一半是衣服造成的,随便给你一件衣服就忽视了你是怎么一个人了。人要人尊重。两个犯人有帽子,但全戴得不是地方。一个还好,帽舌子歪在一边,虽然这个滑稽样子与他全身大不相称,但总算包住了他的头。另一个则没有戴实在,风一吹,或一根树枝挂一下即会落去的,看着很不舒服,令人有焦躁着急感,极想给他往下拉一拉。还有一个,则是科头,头发长得极蓊郁,(小时懒于理发,常被骂为"像个囚犯",)很黑很黑,跟他的络腮胡子连为一片。倒是他还有点生气。他比较矮,但看起来还壮,虽经过折磨,还不是一下子即打得倒的人。(他们看样子不是新犯,已在大牢里关了不少日子,移案到什么地方,提出来的。)他脚步较重,一步一步还照着自己意志走,似乎浮桥因为他的脚步而有看得出的起伏。他眼睛张得大大的,坦率而稚气的,农民的眼睛,不很瞀乱惊惶,健康正常的眼睛,从粗粗的眉毛下看出去。他似乎不大忧伤，不大想他作过的事和明天的运命。他简直不大想着他是个犯人。他什么都不大想。一个简单淳朴的人。

他现在若是想，想的是：我过浮桥。也许他还晓得到了对岸，坐一段汽车，过江，解到一个什么地方去，其余他就不知道了，也不大想知道。这段路好像他曾经走过几次，很熟，也许就是生长于这一带的，所以他很有自信的走着。要是除去绳索和罪名，他像个带路人，很好的带路人。他平日一定有走在第一个的习惯。现在他们让他走在第一个也非偶然。但形式上他得服从身边那个副班长的指挥，正如平日在部队受指挥一样。副班长与他之间并无敌意，好像都是按照规矩来，你押人，我被押，大家作着一件人家派下来的事情，无从拒绝，全非得已。他们要共走一段路，共同忍受颠簸，耽误，种种不快，（到任何地方去总望能早点到达，）也许还有点同伴之谊。——他们常默默，话沉得很深，但一路上来，总有时候要谈两句什么的吧。副班长没有一般下级军官的金牙，也没有那种可笑的狂傲。看样子他是个厚道人,他不时回头看看后面的犯人和那个荷枪的兵的眼色是可感的,好像问:走得动吗?哦,这两个犯人可不成了!他们面色灰败,一个惨白,一个蜡渣黄,折倒他们的细脖子,(领圈显得特别宽大,)已经撑不起他们的头。衰弱,虚乏,半透明,像是已经死过一次。他们机械的迁动脚步,踏不稳,不能调节快慢,每一脚都不知踏在什么地方。恐怕用什么节奏明显的音乐也无法让他们走得合拍,他们已经不能受感染。他们已经忘了走路的方法。他们脑子里布满破碎的,阴暗的意象,这些意象永不会结构成一串完整思想,就一直搅动,摧残,腐蚀他们淡薄的生命。他们现在并不在恐怖中,但恐怖已经把他们腌透,而留下杂乱的痕迹。脸上永远是那个样子,嘴角挂下来,像总要呕吐,眼睛茫茫瞆瞆,缩缩怯怯。一切全惨淡,没有一个形体能在他们眼睛里留一鲜明印象。除了皮肉上的痛痒之外,似乎他们已经没有感觉;而且即是痛痒也模糊昏暗了。帽子歪戴的那一个,衣服上有一大片血渍,暗赤,如铁锈,已经不少日子。荷枪的兵也瘦蒿蒿的。虽然他打着绑腿，但凄哀的神情使他跟那两个戴帽子犯人成了一组。他不时把枪往上提一提，显然不大背得动，枪托子常常要敲着他的腿。因为那个络腮胡子犯人比较吸引我，所以对后面三个人没有能细看。

岸上人多注目于这个悲惨的队列。

他们已经过了河。

我忽然记了记今天是什么日子。

初春，但到处仍极荒凉。泥土暗。河水为天空染得如同铅汁，泛着冷冷的光。东北风一起，也许就要飘雪。汽车路在黑色的平野上。有两三只乌鸦飞。

城在我们后面，细碎的市声起落绸缪。好几批人从我们身边走下河堤。

父亲跟我看了一眼，不说话，我们过浮桥。

大家抢着上汽车。车站码头上顶容易教人悲观，大家尽量争夺一点方便舒服。但这样的场面见得也多了，已经不大有感触。等都上去了，父亲上去，然后是我。看父亲得到一个比较安稳站处，我看看有什么地方可以拉一拉我的手。而在我后面上来了那几个犯人。他们简直弄不清楚人家怎么把他们弄上来的。车门关上，车上人窜窜动动。我被挤到一个人缝里，勉强把一只脚放平，那一只则怎么摆都不是地方，我只有伸手捞着上面的杠子，把全身重量用一只胳臂吊起来。我想把腰伸伸直，可是实在不可能。好吧，无所谓，半个多钟头就到江边。我试一回头，勉强可以看到父亲半面，他的颧骨跟一只肩膀。父亲点点头，答说：我很好，管你自己吧。我想，在人群中你无法跟要在一起的人在一起，一冲一撞，拉得多牢的手也只有撒开。我就我的头可以转动的方向一巡视，那个矮壮犯人不知在什么地方。副班长好像没有上来，大概跟司机坐到一处去了，这点门槛他懂。那个荷枪的兵笔直的贴在车门犄角，一个乡下人的笠子刚刚顶在他的脸前面，不时要擦着他的鼻子，而逼得他一脸尴尬相。两个有帽子犯人，我知道，都在我身边。他们哪里也不要在，既然已经关上了车，总就得有块地方，毫无主意的他们就被挤到这儿来了。什么地方

囚 犯 053

对他们全一样，他们没有求舒服的心，他们现在根本不知道在什么地方。我面前是两个女客，她们是什么模样我才不在乎，有一个好像是个老太太。我尝试怎么样可以把肋骨放平正一点，而车子剧烈的摇晃了一下，一个身体往我背上一靠，他的手拉了一下我的衣服。是我身后那个犯人。什么样的一只手！又生满了疥疮，我皮肤一紧，这感觉是不快的。我本能的有一点避让之意。似乎我的不快立刻传过给他，拉了一下，他就放开了。他站不稳，我知道。他的胳臂无法伸直，伸直了也够不到杠子，而且这样英勇的生的争取的姿势根本就是他不会有的。他攀扶不到什么东西，习于被播弄了。我正想我是不是不该避让，一面又向右顾看那另一个犯人的手无意识的画动了两下，第二下更大的晃动又来了，我蓦然有了个决定，像赌徒下出一注，把我的身体迎给他！他懂得，接受了我的意思，一把抓住了。这不难，在生活的不断的抉择之中，这样的事情是比较易于成就的，因为没有时间让你掂斤播两的思索。我并没有太用力激励自己。请恕我，当时我对自己是有一点满意的。我如此作并非因为全车人都嫌弃他们,在这么紧密的地方还远之唯恐不及,而我愤怒,我要反抗。我是个不大会愤怒的人,我也能知道人没有理由把不愉快事情往身上拉,现在是什么时代!我知道他身后必尚有一点空隙,我跟他说:"你蹲下来"。蹲下来他可以舒服些。我叫右边那一个也蹲下来。这只是半点钟的事,但如果可能,我想不太伤劳我的那一只胳臂,他们一蹲下来,好像松动了一点,我可以挪一挪脚步了。可是当我偏了偏腰时,一只手上来拉住了我的袖子。我这才看了看我面前那个女客,二十大几,也许三十出头,一个粉白大团脸。她皱着眉头用两个指头拉我,我看了看那两个指头,不大方的指头,肉很多,秃秃的,一个鸡心形赤金戒指。好像这两个指头要我生了一点气,我想不理她,我凭什么要给你遮隔住这两个囚犯,一下了车你把早上吃的稀饭吐出来也不干我的事。然而我略扁了扁嘴,不大甘愿的决定了,就这么斜吊着身子吧,好在就是半个钟头的事。这才真是牺牲!我看了看那个老太太，真可怜，她偎在座位里，耗子似的眼睛看我的脸。那个梳着在她以为很时式的头发的女人（她一定用双妹老牌生发油！）这才算放了心，努力看着窗外。

这个倒楣的女人叫我嘲笑自己起来。这半点钟你好伟大，又帮助犯人，又保护妇女，你成了英雄！你不怕虱子，不怕疥疮，而且不怕那张俗气的粉脸，小市民的，涂了廉价雪花膏的胖脸！（老实说对着这样的脸比两个犯人靠在身上更不好受，更不幸。）——借了这半点钟你成了托尔斯泰之徒，觉得自己有资格活下去，但你这不是偷巧么？要是半点钟延长为一辈子，且瞧你怎么样吧。而且这很重要的，这两个犯人在你后面；面对面还能是一样么？好小子，你能够脱得光光的在他们之间睡下来么？

我相信这个车里有一个魔鬼。不过幸好我得用力挂住自己，我的胳臂的酸麻给解了一点围，我不陷在这些挑拨性的思索之中。我希望时间快点过去。

好了，果然快，车停了。我一心下去取那只箱子，我们得赶上这一班过江轮渡。

一切都已过去，女人，犯人，我的胳臂的酸麻，那些无用的嘲讽，全过去了！外面的空气新鲜得多！我跟父亲又在一起。

在船上，父亲要了个小房舱。是的，我们要舒舒服服坐一坐，还可以在铺上歪一歪。父亲递给我烟，划了火，那一壶茶已经泡开了，他洗了洗杯子，给我倒了一杯。我看着他用他的从容雍与的风度作这一切，但没想起来叫他让我来。我的背上不快之感又爬上来，虽不厚重，可有黏性，有似涂了一层油。喝了一口茶，忽然我心里涌起了一股真情。我想刚才在车上，父亲一定不时看一看我。我非常喜慰于我有一个父亲，一个这样的父亲。我觉得有了攀泊，有了依靠。我在冥冥蠢蠢之中所作事情似乎全可向一个人交一笔账，他则看也不看，即收下搁起了。他不迫胁我，不挑剔我，不讥刺我，不用锋利的或钝缺的是非锯解我。他不希望，指导我作什么，但在他饱阅世故的眼睛，温和得几乎是淡漠的眼睛（我得坦白说，有时我为这种类似的淡漠所激恼，）远远的关注下，我成了一个人。我不过分胡涂，尤其重要的是也不太清楚，而且只能虽然有点伤心的捐弃了我的夸张，使我的行为不是文字，使我平凡。——虽然，我还不知道到底该怎么活下去。今天晚上，我就要离开我的父亲，到一个大城市中去。

那几个犯人现在不知在哪里了，也许也在这只船上吧。我管不着了。那个科头犯人的样子我记在心里，大概因为他有一种美，一种吸力。我想他会在一个什么地方忽然逃跑了。他跑不了，那个副班长会拔出左轮枪不加思索的向他放射。犯人会死于枪下。我仿佛已经看到那幅图像。这是注定的，没有办法的悲剧。我心里乱起来。想起一个举世都说他对于人，对于人生没有兴趣，到末了躲到禅悟中去的诗人的话：

"世间还有笔啊，我把你藏起来吧。"

戴车匠

"戴车匠"在我们不但是一个人,一间小店,还是一个地名。他住在东街与草巷相交地方。东街与草巷相处大家称为草巷口。但对我们说起来这实在不够精确。虽然东街也还比不上别处的巷子大,但街与巷相交总就有四个"口",左边右边,这边那边。大人们凡事都含胡,因为他们生活中只须这么含胡即可对付过去。我们可不成。比如:巷口街这边有个老太婆摆摊子,卖的是桃子,杏子,香瓜,柿饼,牙枣子,风荸荠,杨花萝卜,泥娃娃,啯啯鸡;对面也有一个老太婆,卖的是啯啯鸡,泥娃娃,(有好多种,)杨花萝卜,(我在别处虽亦见过这种水红色,粗长如指,杨花飞时挑出来卖,生嚼凉拌都脆爽细嫩无比的萝卜,可是没有吃过；我总觉不是我们故乡的那一种，仅仅略具形似而已，）风荸荠，牙枣子，桃子杏子，香瓜，还有柿饼子，完全一样！你说这怎么办？有时还好，可以随便；在她们生意都还不错，在有新货下市时候，她们彼此也都和颜悦色的时候，亲热得像对老姊妹的时候，那就无所谓，我们买谁的都觉得一样。这边那边，一样。

有时，可就麻烦，又要处心积虑，又要临时见机，又要为自己利害打算，又要用自己几个钱和显明的倾向态度来打抱不平。而且我们之间意见常不一样。那就得辩论，甚至出恶言恶声，吵闹起来，麻油拌芥菜，各有心中爱，各走各的路。完了，我们之间有一道鸿沟！要十分钟，或要半点钟，或半天，甚至三两天，时间才填平了它，又志同道合，莫逆无间，不恨，不轻视。这两个老太婆又有时这个显得比那个穷，有时那个显得比这个穷。有时这边得到侄儿一点支助，买了一堆骄傲的货色，盛气凌人，不可一世。有时那个的女儿给她作了件新毛蓝布褂子，她就觉得不屑与裤裆里都有补丁的人相较量。她们老是骂架，一骂一整天，老是那些话，骂骂，歇歇，又骂骂。作一笔买卖，数钱拣货；青菜汤送下一大碗干饭，这就有时间准备新的武器，聚了一堆她们自以为更泼剌淋漓的言语，投过去，抛回来，希望伤人要害。这对我们说起来，未免可厌，因为骂人都不好看。尤其她们相骂时，大都是坏天气，全世界都不舒服的时候。她们的生意都非常坏，摊子上尽是些陈旧干瘪的货品，又稀少可怜。她们的恨毒注浥在颓老之中，像下雨天城门口的泥泞。她们的肝火焚烧她们的太阳穴，她们的头发披下来，她们都无望无助，孤苦凄怆，哀哀欲绝。——为什么没有人劝劝她们呢？你想想看，手放在口袋里，搓摩着温热的铜钱，我们何以为情？我们立着看了半天，渐渐已忘记了想买的东西；不想吃什么，也不想玩什么，为一种十分深沉黏著的痛楚所孕育，所教化。——有时，她们会扭住衣角和一点小小发髻打起来，一面嘶声诅咒一面打。她们都打不动了，然而她们用艰硬的瘦骨相冲撞，撕，咬，抓头发，拉破别人的衣服。一场心长力拙，松懈干枯的争斗。她们会有一天有一个打死的。不是死在人手上，自己站脚不稳，踉跄跄一交摜在石头角上碰破脑袋死去。……阿，不说这个吧。告诉你这些只是借此而告诉你虽是那么一街之隔可是距离多远。所以不能含胡，所以不能含胡的说是"草巷口"。草巷口一边是个旱烟店，另一边是戴车匠店。你看要是有个捏小面人的来了，吹糖人的来了，耍木偶戏的来了，背负韦驮，化缘的游方僧人来了，走江湖挂水碗的来了，各种各样惊心动魄的人物事情在那里出现，我们飞奔着去看，你要是说"草巷口"，那多急人。你一说"戴车匠家"，就多省事明白。大家就一直去，不需东张西望。"戴车匠"，"戴车匠"，这在我们不是三个字，是相连不可分，成为一体的符号。戴车匠是一点，集聚许多东西，是一个中心，一个底子。这是我们生活中的一格，一区，一个本土和一个异国，我们的岁月的一个见证。我们说"戴车匠家"，不说"戴车匠家门前"。一则那么说太噜嗦，再我们似把门外这一切活动，一切景物情感都收纳到他的那间小店里去，似乎是属于它，为它所有；为他，为戴车匠所有了；虽然戴车匠的铺子那么那么小，戴车匠是不沾蘸什么的那么一个人。戴车匠是一颗珠子，从水里拿出来，不留一滴。——正因为他是那么一个人吧。

我记得戴车匠的板壁上贴的一付小红春联，每年都是那么两句，极普通常见的两句：

室雅何须大
花香不在多

虽是极普通常见，甚至教人觉得俗，俗得令人厌恶反感，可是贴在戴车匠家就有意义，合适，感人。虽然他那半间店面说不上雅不雅，而且除了过年插一枝山茶，端午菖蒲艾叶石榴花，八九月或者偶然一枝金桂，一朵白荷以外，平常也极少插花——插花的壶是总有一个的，老竹根，他自己车床上琢出来的，总供在一个极高的方几上。说是"供"，不是随便说，确是觉得那有一种恭敬，一种神圣，一种寄托和一种安慰，即使旁边没有那个小小的瓦香炉，后面不贴一小幅神像。我想我不是自以为然，确是如此。我想，你若是喜爱那个竹根壶，想花钱向他买来，戴车匠准是笑笑，"不卖的。"戴车匠一生没有遇过几个这样坚老奇怪的根节，一生也不会再为自己车旋一个竹壶。它供在那里已经多少年，拿去了你不是叫他那个家整个变了个样子？他没有想得太多，可是卖这个壶是他从来没有想到过的。他只有那么一句话，笑笑，"不卖的"。别的回答他不知道，他不考虑。你若是真的去要，他也高兴。因为有人喜爱他喜爱得成了习惯的东西，你就醅新了他的感情。他也感激你，但他只能说："我给你留意吧，要再遇到这样的竹子。"会留意的，他当真会留意的，他忘不了。有了，他就作好，放在高高的地方，等你去发现，来拿。——你自然会发现，因为你天天经过，经过了总要看一看。他那个店面是真小。小，而充实。

小，而充实。堆着，架着，钉着，挂着，各种各样的东西。留出来的每一空间都是必须的。从这些空间里比从那些物件上更看出安排的细心，温情，思想，习惯，习惯的修改与新习惯的养成，你看出一个人怎样过日子。

当门是一具横放的榉木车床，又大又重，坚硬得无从想象可以用到什么时候。它本身即代表了永远。那是永远也不会移动的，简直好像从地里长出来的，一个稳定而不表露的生命。这个车床没有问题比戴车匠岁数还要大，必是他父亲兼业师所传留下来的。超过需要的厚实是前代人制作法式。（我们看从前的许多东西老觉得一个可以改成两个三个用。）这个车床的形貌有些地方看起来不大讲究。有的因材就用，不拘小节，歪着扭着一点就听它歪着扭着一点，不削斫太多以求其平直，然而这无妨于它大体的俨然方正。用了这许多年了，许多不光致斧凿痕迹还摸得出来，可是接榫卡缝处吻投得真紧，真确切，仿佛天生的一个架子，不是一块块拼拢来的。多少年了，不摇，不晃，不走一点样！这个车床占了几乎二分之一的店堂，显然这是最重要的东西，其余一切全附属于它，且大半是从这个车床上作出来的。大车床里头是一个小车床。戴车匠作一点小巧东西则在小车床上。那就轻便得多，秀气得多，颜色也浅，常擦摩处呈牙黄色，光泽异常，木理依约可见，这是后来戴车匠自己手制的。再往里去，一伸手是那张供香炉竹壶高几。车床后面有仅容一人的走道。挨着靠墙而放的一条桌向里去，是内室了。想来是一床，一灯案，低梁小窗，紧凑而不过分杂乱。当有一小侧门，通出去是个狭长小天井。看见一点云，一点星光，下雨天雨水流在浅浅的阴沟里。天井中置水缸二口，一吃一用；煮饭烧茶风炉两只。墙阴凤仙花自开自落，砖缝里几丝草，在轻风中摇曳，贴地爬着几片马齿苋，有灰蓝色螟蛾飞息。凡此虽非目睹，但你见过许多这样格局的房子，原是极契熟的。其实即从外面情形，亦不难想象得知。——他吃饭用的碗筷放在哪里呢？条桌上首墙上，他挖开了一块，四边钉板，安小门两扇，这就成了个柜子。分成几槅，不但碗筷，他自己的茶叶罐子烟荷包，重要小工具，祖传手绘的图样，订货的底子，跟他儿子的纸笔，女人的梳头家私，全都有了妥停放处。屈半膝在骨牌凳上，可以方便取得。我小时颇希望能有个房间有那样一个柜子，觉得非常有趣。他的白蜡杆子，黄杨段子，桑木枣木梨木材料则搁在高几上一个特制架上，堆得不十分整齐，然而有一种秩序，超乎整齐以上的秩序。（车匠所需木料不多，）架子的支脚翘出如壶嘴，就正好挂一个蝈蝈笼子！

戴车匠年纪还不顶大，如果他有时也想想老，想得还很昧暧，不管惨切安和，总离着他还远，不迫切。他不是那种一步即跌入老境的人，他只是缓缓的，从容的与他的时光厮守。是的，他已经过了人生的峰顶。有那么一点的，颤栗着，心沉着，急促的呼吸着，张张望望，徬徨不安，不知觉中就越过了那一点。这一点并不突出，闪耀，戴车匠也许纪念着，也许忽略了。这就是所谓中年。

吃过了早饭，看儿子夹了青布书包，（知道他的生书已经在油灯下读熟，为他欢喜，）拿了零用钱，跳下台阶，转身走了，戴车匠还在条桌边坐了一会。天气很好。街上扫过不久，还极干净。店铺开了门的不少，也还有没有开的。这就都要一家一家的全打开的。也许有一家从此就开不了那几块排门了，不过这样的事究竟不多。巷口卖烧饼油条的摊子热闹过一阵，又开始第二阵热闹了。烧饼槌子敲得极有精神，（槌子是从戴车匠家买去的，）油条锅里涌着金色泡沫。风吹着丁家绵线店的大布招卷来卷去。在公安局当书办的徐先生埋着头走来，匆忙的向准备好点头的戴车匠点一个头，过去了。一个党部工友提一桶浆子在对面墙上贴标语。戴车匠笑，因为有一张贴倒了。正看到知道一定有的那一张，"中华民国万岁"，他那把短嘴南瓜形老紫沙壶已经送了出来，茶泡好了，这他就要开始工作了。把茶壶带过去，放在大小车床之间的一个小几上，小几连在车床上。坐到与车床连在一起的高凳上，戴车匠也就与车床连在一起，是一体了。人走到他的工作之中去，是可感动的。先试试，踹两下踏板，看牛皮带活不活；迎亮看一看旋刀，装上去，敲两下；拿起一块材料，估量一下，眼睛细一细，这就起手。旋刀割削着木料，发出轻快柔驯的细细声音，狭狭长长，轻轻薄薄的木花吐出来。……

木花吐出来，车床的铁轴无声而精亮，滑滑润润转动，牛皮带往来牵动，戴车匠的两脚一上一下。木花吐出来，旋刀服从他的意志，受他多年经验的指导，旋成圆球，旋成瓶颈状，旋苗条的腰身，旋出一笔难以描画的弧线，一个悬胆，一个羊角弯，一个螺纹，一个杵脚，一个瓢状的，铲状的空槽，一个银锭元宝形，一个云头如意形。……狭狭长长轻轻薄薄木花吐出来，如兰叶，如书带草，如新韭，如香瓜瓤，戴车匠的背勾偻着，左眉低一点，右眉挑一点，嘴唇微微翕合，好像总在轻声吹着口哨。木花吐出来，挂一点在车床架子上，大部分从那个方洞里落下去，落在地板上，落在戴车匠的脚上。木花吐出来，宛转的，绵缠的，谐和的，安定的，不慌不忙的吐出来，随着旋刀悦耳的吟唱。……

戴车匠上下午各连续工作两个时辰。其中稍稍中断几次，走下来拿点材料，翻翻图样，比较比较两批所作货色是否划一，给车轴加点油。作成了一个货色，握在手里，四方八面端详端详，再修一两刀，看看已经合乎理想，中规应矩了，就放在车床前一块狭板上，一个一个排起来。虽然他不赶急，但也十分盼待着把这块板上排得满满的吧。他笑他儿子写字总望一口气写满一张纸，他自己也未始不愿人知道他是个快手。这样的年纪也还有好胜心的。似乎他每天派给自己多少工作，把那点工作做好，即为满意。能分外多作几件就很按捺不住得意了。这点得意只有告诉他女人听，甚至想得到两句夸奖，一点慰劳，哈！他自然可以有时间抽一袋烟，喝两口茶，伸个懒腰；高兴，不怕难为情，也尽管哼两句朱买臣桃花宫老戏，他允许自己看半天洋老鼠踩车推磨，——他的洋老鼠越来越多，它们的住家也特别干净，曲折；逗逗檐前黄雀，用各种亲密调侃言语。黄雀就竭其所能的唱起来，蓬松了脖子上的毛，耸耸肩，剔剔足，恣酣而矜庄的啭弄了半天，然后用珊瑚小嘴去啄一口食，饮一点水。戴车匠，可又认为它跟叫天子学了坏样，唱不成腔，——初学养鸟人注意：凡百鸟雀不可与叫天子结邻并挂,叫天子是个嗓子冲而无修养训练的野狐禅唱歌家,油腔滑调,乱用表情!在合唱时尤其只听到它的荒怪的逞喉极叫。——一面戴车匠又俯到他的工作上去,有的时候,忽然,他停下来,那就是想到了一点什么事。或是记一记王老五请的一会什么时候该他自己首会了;或是儿子塾师过生,该备一点礼物送去,今年是整五十;或是刘长福托他斡旋一件什么事,那一头今天该给回话;或是澡堂里听来一个治风湿痛秘方,他麻二叔正用得着,可是六味药中有一味比较生疏,得去问问;或是,哦,老张呀,死了半年多,昨天夜里怎么梦见他了,还好好的,还是那样子,还说了几句话,话可一句也记不得了;老张儿子在湖西屠宰税上跑差,该没有什么吧?这就教他大概筹计筹计下午该往那里走走,碰些什么人,作点什么事,怎么说那些话。他的手就扶上了左额,眼睛眯暧,不时眨一眨。甚至有时等不及吃饭时再说,就大声唤女人出来商量。有时,甚至立刻进去换了件衣服,拿了扇子就出去了,临走时关照下来,等不等他吃饭;有谁来让候一候还是明天再来；船上人来把挂在门柱上那一串东西交给他拿去，钱或现交或下次转来再带来都可以。……他走了，与他的店，他的车床小别。

平常日子，下午，戴车匠常常要出去跑跑，车匠店就空在那儿。但是看上去一点都不虚乏，不散漫；不寂寞，不无主。仍旧是小，而充实，若是时间稍久，一切，店堂，车床，黄雀，洋老鼠，蝈蝈，伸进来的一片阳光，阳光中浮尘飞舞，物件，空间；隔壁侯银匠的槌子声音与戴车匠车床声音是不解因缘，现在银匠槌子敲在砧子上像绳索少了一股；门外的行人，和屋后补着一件衣服的他的女人，都在等待，等待他回来，等待把缺了一点什么似的变为完满。——戴车匠店的店身特别高，为了他的工作，（第一木料就怕潮）又垫了极厚的地板，微仰着头看上去有一种特别感觉。也许因为高，有点像个小戏台，所以有那种感觉吧。——自然不完全是。

戴车匠所作东西我们好多叫不出名字，不知道干什么用的。比如二尺长的大滑车，戴车匠告诉我是湖里粮船上用的，因为没有亲身验证，所以都无真切印象。——也许后来，我稍长大，有机会在江湖漂泛，看见过的，但因为悬结得那么高，又在那么大的帆前面，那么大的船，那么大的水，汪洋浩瀚之中，这么一个滑车看上去也算不得什么了吧。人也大了，不复充满好奇，凡事多失去惊愕兴趣了。——不过在大帆船上看那些复杂绳索在许多滑车之中溜动牵引，上上下下，想到它们在航行时可起作用，仍是极迷人的。我真希望向戴车匠询问各种滑车号数，好到船上混充内行！滑车真多，一串一串挂在梁上。也许戴车匠自己也没有看人怎样用它吧？不过不要紧，有烧饼槌子，搓烧麦皮子小棒，擀面杖，之字形活动衣架，蝇拂上甘露子形状柄子，……他随处可以看见自己手里作出来的东西在人手里用。老太太们都有个捻线锤，早晚不离手的在巷口廊前搓，一面与人谈桑麻油米，儿女婚嫁。木碗木杓是小儿恩物，轻便，发脾气摔在地下不致挨打挨骂，敲着橐橐的响又可以想它是个什么它就是个什么，木鱼，更柝，取鱼梆子，还有你想也想不出的什么声音的代表。——不过自从我有一次听说从前大牢里的囚犯是以木碗吃饭的，（瓷碗怕他们敲破了用来挖洞逃跑或以破片割断喉管自杀，）则不免对这个东西有了一种悲惨印象。自然这与戴车匠没有什么关系，不该由他负责。看见有人卖放风筝绕线用的小车子，我们眼中盈盈的是羡慕的光。我们放的是酒坛、三尾、瓦片，不知什么时候才能使用这么豪侈的器械。啊，我们是忘不了戴车匠的。秋天，他给我们作陀螺，作空竹。夏天，作水枪。春天，竹蜻蜓。过年糊兔儿灯，我们去买轱轳。戴车匠看着一个一个兔儿灯从街上牵过去，在结了一点冰的街上，在此起彼歇锣鼓声中，爆竹硝黄气味中，影影沉沉纸灯柔光中。但我最喜欢的还是爬上高台阶向他买"螺蛳弓"。别处不知有无这样的风俗，清明，抹柳球，种荷秧，还吃螺蛳。家家悉煮五香螺蛳一锅，街上也有卖的。一人一碗，坐在门槛上一个一个掏出来吃。吃倒没有什么，（自然也极鲜美，）主要还是把螺蛳壳用螺蛳弓一个一个打出去。——这说起不易清楚,明年春天我给你作一个吧。戴车匠作螺蛳弓卖。我们看着他作,自己挑竹子,选麻线,交他一步一步作好,戴车匠自己在小几上蓝花大碗中拈一个螺蛳吃了,螺壳套在"箭"上,很用力的样子(其实毫不用力,)拉开,射出去,半天,听得得的落在瓦沟里,(瓦匠扫屋每年都要扫下好些螺壳来,)然后交给我们。——他自己儿子那一把弓特别大,有劲,射得远。戴车匠看着他儿子跟别人比射,细了眼睛,半晌,又没有什么意义的摇摇头。

为什么要摇摇头呢?也许他想到儿子一天天大起来了么?也许。我离开故乡日久,戴车匠如果还在,也颇老了。我不知因何而觉得他儿子不会再继续父亲这一行业。车匠的手艺从此也许竟成了绝学,因为世界上好像已经无须那许多东西,有别种东西替代了。我相信你们之中有很多人根本就无从知道车匠店到底是怎么回事,你们没有见过。或者戴车匠是最后的车匠了。那么他的儿子干什么呢?也许可以到铁工厂当一名练习生吧。他是不是像他父亲呢，就不知道了。——很抱歉，我跟你说了这么些平淡而不免沉闷的琐屑事情，又无起伏波澜，又无镕裁结构，逶逶迤迤，没一个完。真是对不起得很。真没有法子，我们那里就是这样的，一个平淡沉闷，无结构起伏的城，沉默的城；城里充满像戴车匠这样的人；如果那也算是活动，也不过就是这样的活动。——唔，不尽然，当然，下回我们可以说一点别的。我想想看。

一九四七年七月二十四日

邂 逅

船开了一会,大家坐定下来。理理包篏,接起刚才中断的思绪,回味正在进行中的事务已过的一段的若干细节,想一想下一步骤可能发生的情形;没有目的的擒纵一些飘忽意象;漫然看着窗外江水;接过茶房递上来的手巾擦脸;掀开壶盖让茶房沏茶;口袋里摸出一张什么字条,看一看,又搁了回去;抽烟;打盹;看报;尝味着透入脏腑的机器的浑沉的震颤,——震得身体里的水起了波纹,一小圈,一小圈;暗数着身下靠背椅的一根一根木条;什么也不干,听而不闻,视而不见,近乎是虚设的"在"那里;观察,感觉,思索着这些,……各种生活式样摆设在船舱座椅上,展放出来;若真实,又若空幻,各自为政,没有章法,然而为一种什么东西范围概括起来，赋之以相同的一点颜色。——那也许是"生活"本身。在现在，即是"过江"，大家同在一条"船"上。

在分割了的空间之中，在相忘于江湖的漠然之中，他被发现了，像从一棵树下过，忽然而发现了这里有一棵树。他是什么时候进来的呢？他一定是刚刚进来。虽没有人注视着舱门如何进来了一个人，然而全舱都已经意识到他，在他由动之静，迈步之间有停止之意而终于果然站立下来的时候，他的进来完全成为了一个事实。像接到了一个通知似的，你向他看。

你觉得若有所见了。

活在世上，你好像随时都在期待着，期待着有什么可以看一看的事。有时你疲疲困困，你的心休息，你的生命匍伏着像一条假寐的狗，而一到有什么事情来了，你醒豁过来，白日里闪来了清晨。

常常也是一涉即过，清新的后面是沉滞，像一缕风。

他停立在两个舱门之间的过道当中，正好是大家都放弃而又为大家所共有的一个自由地带。——他为什么不坐，有的是空座位。——他不准备坐，没有坐的意思，他没有从这边到那边看一看，他不是在挑选哪一张椅子比较舒服。他好像有所等待的样子。——动人的是他的等待么？

他脉脉的站在那里。在等待中总是有一种孤危无助的神情的，然而他不放纵自己的情绪，不强迫人怜恤注意他。他意态悠远，肤体清和，目色沉静，不纷乱，没有一点焦躁不安，没有忍耐。——你疑心他也许并不等待着什么，只是他的神情总像在等待着什么似的而已。

他整洁，漂亮，顾长，而且非常的文雅，身体的态度，可欣可感，都好极了。难得的，遇到这样一个人。

哦，——他是个瞎子，——他来卖唱，——他是等着这个女孩子进来，那是他女儿，他等待着茶房沏了茶打了手巾出去，（茶房从他面前经过时他略为往后退了退，让他过去，）等着人定，等着一个适当的机会开口。

她本来在那里的？是等在舱门外头？她也进来得正是时候，像她父亲一样，没有人说得出她怎么进来的，而她已经在那里了，毫不突兀，那么自然，那么恰到好处，刚刚在点儿上。他们永远找得到那个千载一时的成熟的机缘，一点不费力。他已经又在许多纷纭褶曲的心绪的空隙间插进他的声音，不知道什么时候，说了一句简单的开场白，唱下去了。没有跳踉呼喝，振足拍手，没有给任何旅客一点惊动，一点刺激，仿佛一切都预先安排，这支曲子本然的已经伏在那里，应当有的，而且简直不可或缺，不是改变，是完成；不是反，是正；不是二，是一。……

一切有点出乎意外。

我高兴我已经十年不经过这一带，十年没有坐这种过江的渡轮了，我才不认识他。如果我已经知道他，情形会不会不同？一切令我欣慰的印象会不会存在？——也不，总有个第一次的。在我设想他是一种什么人的时候我没有想出，没有想到他是卖唱的。他的职业特征并不明显，不是一眼可见，也许我全心倾注在他的另一种气质，而这种气质不是，或不全是生成于他的职业，我还没有兴趣也没有时间来判断，甚至设想他是何以为生的？如果我起初就发现——为什么刚才没有，一直到他举出来轻轻拍击的时候我才发现他手里有一付檀板呢？

从前这一带轮船上两个卖唱的，一个鸦片鬼，瘦极了，嗓子哑得简直发不出声音，咤咤的如敲破竹子；一个女人，又黑又肥，满脸麻子。——他样子不像是卖唱的？其实要说，也像，——卖唱的样子是一个什么样子呢？——他不满身是那种气味。腐烂了的果子气味才更强烈，他还完完整整，好好的。他样子真是好极了。这是他女儿，没有问题。

他唱的什么？

有一回，那年冬天特别冷，雪下得大极了，河封住了，船没法子开，我因事须赶回家去，只有起早走，过湖，湖都冻得实实的，船没法子过去，冰面上倒能走。大风中结了几个伴在茫茫一片冰上走，心里感动极了，抽一枝烟划一枝洋火好费事！一个人划洋火成了全队人的事情。……（我掏了一枝烟抽，)远远看见那只轮船冻在湖边，一点活意都没有，被遗弃在那儿，红的，黑的，都是可怜的颜色。我们坐过它很多次，天不这么冷，现在我们就要坐它的。忽然想起那两个卖唱的。他们在哪里了呢，雪下了这么多天了。沿河堤有许多小客栈，本来没有什么人知道的，你想不到有那么多，都有了生意了，近年下，起早走路的客人多，都有事。他们大概可以一站一站的赶，十多里，二三十里，赶到小客栈里给客人解闷去，他们多半会这么着的。封了河不是第一次，路真不好走。一个人走起来更苦，他们其实可以结成伴。——哈，他们可以结婚！

这我想过不止一次了，颇有为他们做媒之意。"结婚"，哈！但是他们一起过日子很不错，同是天涯沦落人，彼此有个照应。可是怪，同在一路，同在一条船上卖唱，他们好像并没有同类意识，见了面没有看他们招呼过，谈话中也未见彼此提起过，简直不认识似的。不会，认识是当然认识的。利害相妨，同行妒忌，未必罢，他们之间没有竞争。

男的鸦片抽成了精，没有几年好活了，但是他机灵，活络得多，也皮赖，一定得的钱较多。女的可以送他葬，到时候有个人哭他，买一陌纸钱烧给他。——你是不是想男的可以戒烟，戒了烟身体好起来，不喝酒，不赌钱，做两件新蓝布大褂，成个家，立个业，好好过日子，同偕到老？小孩子！小孩子！——不，就是在一个土地庙神龛鬼脚下安身也行，总有一点温暖的。——说不定他们还会生个孩子。

现在，他们一定结伴而行了，在大风雪中挨着冻饿，挨着鸦片烟，十里二十里的往前赶一家一家的小客栈了。小客栈里咸菜辣椒煮小鲫鱼一盘一盘的冒着热气，冒着香，锅里一锅白米饭。——今天米价是多少？一百八？

下来一半（路程）了罢？天气好，风平浪静。

他们不会结婚，从来没有想到这个上头去过。这个鸦片鬼不需要女人，这个女人没有人要。别看这个鸦片鬼，他要也才不要这个女人！他骨干肢体毁蚀了，走了样，可是本来还不错的，还起原来很有股子潇洒劲儿。那样的身段是能欣赏女人的身段，懂得风情的身段。这个女人没有女人味儿！鸦片鬼老是一段《活捉张三郎》，挤眉瞪眼，伸头缩脖子，夸张，恶俗，猥亵，下流极了。没法子。他要抽鸦片。可是要是没法子不听还是宁可听他罢。他聪明，他用两支竹筷丁丁当当敲一个青花五寸盘子，敲得可是神极了，溅跳洒泼，快慢自如，有声有势，活的一样。他很有点才气，适于干这一行的，他懂。那个黑麻子女人拖把胡琴唱"你把那，冤枉事勒欧欧欧欧欧欧……"实在不敢领教。或者，更坏，不知哪里学来的一段《黑风帕》。这个该死的蠢女人！

他们秉赋各异，玩意儿不同，凑不到一起去。真不大像是——这女孩子配不上他父亲，——还不错，不算难看，气派好，庄静稳重，不轻浮，现在她接她父亲的口唱了。

有熟人懂得各种曲子的要问问他，他们唱的这种叫什么调子。这其实应当说是一种戏文，用的是代言体，上台彩扮大概不成罢，声调过于逶迤曼长了。虽是两人递接着唱，但并非对口，唱了半天，仍是一个人口吻。全是抒情，没有情节。事实自《红楼梦》敷衍而出，黛玉委委屈屈向宝玉倾诉心事。每一段末尾长呼"我的宝哥哥儿来"，可是唱得含蓄低宛，居然并不觉得刺耳，颇有人细细的听，凝着神，安安静静，脸上恻恻的，身体各部松弛解放下来，气息深深，偶然舒一舒胸，长长透一口气，纸烟灰烧出一长段，跌落在衣襟上，碎了，这才霍然如梦如醒。有人低语：

"他的眼睛——"

"瞎子，雀盲。"

"哦——"

进门站下来的时候就觉得，他眼睛有点特别，空空落落，不大有光彩，不流动。可是他女儿没有进来之先他向舱门外望了一眼，他一扬头，样子不像瞎眼的人。瞎眼人脸上都有一种焦急愤恨。眼角嘴角大都要变形的，雀盲尤其自卑，扭扭捏捏，藏藏躲躲，他没有，他脸上恬静平和极了。他应当是生下来就双眼不通，不会是半途上瞎的。

女孩子唱的还不如她父亲。——听是还可以听。

这段曲子本来跟多数民间流行曲子一样，除了感伤，剩下就没有什么东西了，可是他唱得感伤也感伤，一点都不厉害。唱得深极了，远极了，素雅极了，醇极了，细运轻输，不枝不蔓，舒服极了。他唱的时候没有一处摇摆动晃，脸上都不大变样子，只有眉眼间略略有点凄愁，像是在深深思念之中，不像在唱。——啊不，是在唱，他全身都在低唱，没有那一处是散涣叛离的。他唱得真低，然而不枯，不弱，声声匀调，字字透达，听得清楚分明极了，每一句，轻轻的拍一板，一段，连拍三四下。女儿所唱，格韵虽较一般为高，但是听起来薄，松，含糊，懒懒的她是受她父亲的影响，摹仿父亲而没有其精华神髓，她尽量压减洗涤她的嗓音里的野性和俗气，可是她的生命不能与那个形式蕴合，她年纪究竟轻，而且性格不够。她不能沉缅，她心不专，她唱，她自己不听。她没有想跳出这个生活，她是个老实孩子。老实孩子，但不是没有一些片片段段的事实足以教她分心，教她不能全神贯注，入乎其中。

她有十七八岁了罢？有啰，可能还要大一点，样子还不难看。脸宽宽的，鼻子有一点塌，眼睛分得很开。搽了一点脂粉，胭脂颜色不好，桃红的。头发修得很齐，梳得光光的，稍为平板了一点，前面一个发卷于是显得像个筒子，跟后面头发有点不能相连属。腰身粗粗的，眼前还不要紧，千万不能再胖。站着能够稳稳的，腿分得不太开，脚不乱动，上身不扭，然而不僵，就算难得的了。她的态度救了她的相貌不少。她神色间有点疲倦，一种心理的疲倦。——她有了人家没有？一件黑底小红碎花布棉袍，青鞋，线袜，干干净净。——又是父亲了，他们轮着来。她唱得比较少，大概是父亲唱两段，女儿唱一段。

天气真好，简直没有什么风。船行得稳极了。

谁把茶壶跟茶杯挨近着放，船震，轻轻的磕出瓷的声音，细细的，像个金铃子叫。——嗳呀，叫得有点烦人！心里不舒服，觉得恶心。——好了，平息了，心上一点霉斑。——让它叫去罢，不去管它。

是不是这么分的，一个两段，一个一段？这么分法有什么理由？要是倒过来，——现在这么听着挺合适，要是女儿唱两段父亲唱一段呢，这个布局想象得出么？两种花色编结起来的连续花边，两朵蓝的，间有一朵绿的，（紫的，黄的，银红的，杂色的，）如果改成两朵绿的一朵蓝的呢？……什么蓝的绿的，不像！干什么用比喻呢，比喻不伦！——有没有女儿两段父亲一段的时候？——分开了唱四段比连着唱三段省力，——两个人比一个人唱好，有变化，不单调，起来复舒卷感，像花边。——比喻是个陷阱，还是摔不开！——接口接得真好，一点不露痕迹，没有夺占，没有缝隙，水流云驻，叶落花开，相契莫逆，自自在在，当他末一声的有余将尽，她的第一字恰恰出口，不颔首，不送目，不轻轻咳嗽，看不出一点点暗示和预备的动作。

他们并排站着，稍有一段距离。他们是父女，是师徒，也还是同伴。她唱得比较少，可是并不就是附属陪衬。她并不多余，在她唱的时候她也是独当一面，她有她的机会，他并不完全笼罩了她，他们之间有的是平等，合作时不可少的平等。这种平等不是力求，故不露暴，于是更圆满了。——真的平等不包含争取。父亲唱的时候女儿闲着，她手里没有一样东西，可是她能那么安详！她垂手直身，大方窈窕，有时稍稍回首，看她父亲一眼，看他的侧面，他的手。——她脚下不动。

他自己唱的时候他拍板，女儿唱的时候他为女儿拍板，他从头没有离开过曲子一步。他为女儿拍板时也跟为自己拍板时一样。好像他女儿唱的时候有两起声音，一起直接散出去，一起流过他，再出去。不，这两条路亦分亦合，还有一条路，不管是他和她所发的声音都似乎不是从这里，不是由这两个人，不是在我们眼前这个方寸之地传来的，不复是一个现实，这两个声音本身已经连成一个单位。——不是连成，本是一体，如藕于花，如花于镜，无所凭借，亦无落著，在虚空中，在天地水土之间。……

女孩子眼睛里看见什么了？一个客人袖子带翻了一只茶杯，残茶流出来，渐成一线，伸过去，伸过去，快要到那个纸包了，——纸包里是什么东西？——嘻，好了，桌子有一条缝，茶透到缝里去了——还没有，——还没有——滴下来了！这种茶杯底子太小，不稳，轻轻一偏就倒了。她一边看，一边唱，唱完了，还在看，不知是不是觉得有人看出了，有点不好意思，微低了头。面色肃然。——有人悄悄的把放在桌上的香烟火柴放回口袋里，快到了罢？对岸山浅浅的一抹。他唱完了这一段大概还有一段，由他开头，也由他收尾。

完了，可是这次好像只有一段？女儿走下来收钱，他还是等在那儿。他收起檀板，敛手垂袖而立，温文恭谨，含情脉脉，跟进来时候一样。

他样子真好极了。人高高的，各部分都称配，均衡，可是并不伟岸，周身一种说不出来的优雅高贵。稍稍有点衰弱，还好，还看不出有病苦的痕迹。总有五十岁左右了。……今天是……十三，过了年才这么几天,风吹着已经似乎不同了。——他是理了发过的年罢,发根长短正合适。梳得妥妥贴贴,大大方方。头发还看不出白的。——他不能自己修脸罢?也还好,并不惨厉,而且稍为有点阴翳于他正相宜,这是他的本来面目,太光滑了就不大像他了。他脸上轮廓清晰而固定,不易为光暗影响改变。手指白白皙皙,指甲修得齐齐的。——干净极了!一眼看去就觉得他的干净。可是干净得近人情,干净得教人舒服,不萧索,不干燥,不冷,不那么兢兢翼翼,时刻提防,觉得到处都脏,碰不得似的。一件灰色棉袍,剪裁得合身极了。布的。——看上去料子像很好?——是布的,不单是袍子,里面衬的每一件衣裤也一定都舒舒齐齐,不破,不脏,没有气味,不窝囊着,不扯起来,口袋纽子都不残缺,一件套着一件,一层投着一层,袖口一样长短,领子差不多高低,边对边,缝对缝。……还很新,是去年冬天做的。——袍子似乎太厚了一点,有点臃肿,减少了他的挺拔。——不,你看他的腮,他真该穿得暖些啊。他的胸,他的背，他的腰胁，都暖洋洋的，他全身正在领受着一重丰厚的暖意，——一脉近于叹息的柔情在他的脸上。

她顺着次序走过一个一个旅客，不说一句话，伸出她的手，坦率，无邪，不局促，不忸怩，不争多较少，不泼辣，不纠缠，规规矩矩老老实实。——这女孩子实在不怎样好看。她鼻子底下有颗痣。都给的。——有一两个，她没有走近，看样子他也许没有，然而她态度中并无轻蔑之意，不让人不安，有的脸背着，或低头扣好皮箱的锁，她轻轻在袖子上拉一拉。——真怪，这样一个动作中居然都包含一点卖弄风情，没有一点冒昧。被拉的并不嗔怪，不声不响，掏出钱来给她。——有人看着他，他脸一红，想分辩，我不是——是的，你忙着有事，不是规避，谁说你小器的呢，瞧瞧你这样的人，像么，——于是两人脸上似笑非笑了一下，眼光各向一个方向挪去。——这两个人说不定有机会认识，他们老早谈过话了。——在澡堂里，饭馆里，街上，隔若干日子，碰着了，他们有招呼之意，可是匆匆错过了，回来，也许他们会想，这个人好面熟，哪里见过的？——大概想不出究竟是哪里见过的了罢？——人应当记日记。——给的钱上下都差不多，这也好像有个行情，有个适当得体的数目，切合自己生活，也不触犯整个社会。这玩意儿真不易，够学的！过到老，学不了，学的就是这种东西？这是老练，是人生经验，是贾宝玉反对的学问文章。我的老天爷！——这一位，没有零的，掏出来一张两万关金券，一时张皇极了，没有主意，连忙往她手里一搁，心直跳，转过身来伏在船窗上看江水，他简直像大街上摔了一大跤。——哎，别介，没有关系。——差不多全给的，然而送给舱里任何一位一定没有人要。一点不是一个可羡慕的数目。——上海正发行房屋奖券，这里头一定有人买的，就快开奖了，你见过设计图样么？——从前用铜子，卖唱的多用一个小藤册子接钱，投进去磬磬的响。

都收了，她回去，走近她父亲，——她第一次靠着她父亲，伸一个手给他，拉着他，她在前，他在后，一步一步走出去了。他是个瞎子。——我这才真正的觉得他瞎。看到他眼睛看不见，十分的动了心。他的一切声容动静都归纳摄收在这最后的一瞥，造成一个印象，完足，简赅，具体。他走了，可是印象留下来。——他们是父女，无条件的，永远的，没有一丝缝隙的亲骨肉。不，她简直是他的母亲啊！他们走了。……

"他们一天能得多少钱？"

"也不多——轮渡一天来回才开几趟。夏天好，夏天晚上还有人叫到家里唱。"

"那他们穿的？"

"嗳——"

船平平稳稳的行进，太阳光照在船上，船在柔软的江水上。机器的震动均匀而有力，充满健康，充满自信。舱壁上几道水影的反光晃荡。船上安静极了，有秩序极了。——忽然乱起来，像一个灾难，一个麻袋挣裂了，滚出各种果实。一个脚夫像天神似的跳到舱里。——到了，下午两点钟。

一九四八年

羊舍一夕

——又名：四个孩子和一个夜晚

一、夜晚

火车过来了。

"216！往北京的上行车。"老九说。

于是他们放下手里的工作，一起听火车。老九和小吕都好像看见：先是一个雪亮的大灯，亮得叫人眼睛发胀。大灯好像在拼命地往外冒光，而且冒着汽，嗤嗤地响。乌黑的铁，铮黄的铜。然后是绿色的车身，排山倒海地冲过来。车窗蜜黄色的灯光连续地映在果园东边的树墙子上，一方块，一方块，川流不息地追赶着……每回看到灯光那样猛烈地从树墙子上刮过去，你总觉得会刮下满地枝叶来似的。可是火车一过，还是那样：树墙子显得格外的安详，格外的绿。真怪。

这些，老九和小吕都太熟悉了。夏天，他们睡得晚，老是到路口去看火车。可现在是冬天了。那么，现在是什么样子呢？小吕想象，灯光一定会从树墙子的枝叶空隙处漏进来，落到果园的地面上来吧。可能！他想象着那灯光映在大梨树地间作的葱地里，照着一地的大葱蓬松的，干的，发白的叶子……

车轮的声音逐渐模糊成为一片，像刮过一阵大风一样，过去了。

"十点四十七。"老九说。老九在附近山头上放了好几年羊了，他知道每一趟火车的时刻。

留孩说："贵甲哥怎么还不回来？"

老九说："他又排戏去了，一定回来得晚。"

小吕说："这是什么奶哥！奶弟来了也不陪着，昨天是找羊，今天又去排戏！"

留孩说："没关系，以后我们就常在一起了。"

老九说："咱们烧山药吃，一边说话，一边等他。小吕,不是还有一包高山顶吗?坐上!外屋缸里还有没有水?"

"有!"

于是三个人一起动手:小吕拿沙锅舀了多半锅水,抓起一把高山顶来撒在里面。这是老九放羊时摘来的。老九从麻袋里掏山药——他们在山坡上自己种的。留孩把炉子通了通,又加了点煤。

屋里一顺排了五张木床,联成一个大炕。一张是张士林的,他到狼山给场里去买果树苗子去了。隔壁还有一间小屋,锅灶俱全,是老羊倌住的。老羊倌请了假,看他的孙子去了。今天这里只剩下四个孩子:他们三个,和那个正在排戏的。

屋里有一盏自造的煤油灯——老九用墨水瓶子改造的,一个炉子。外边还有一间空屋,是个农具仓库,放着硫铵、石灰、DDT、铁桶、木叉、喷雾器……外屋门插着。门外,右边是羊圈,里边卧着四百只羊;前边是果园,什么都没有了,只剩下一点葱,还有一堆没有窖好的蔓菁。现在什么也看不见，外边是无边的昏黑。方圆左近，就只有这个半山坡上有一点点亮光。夜，正在深浓起来。

二、小吕

小吕是果园的小工。这孩子长得清清秀秀的。原在本堡念小学。念到六年级了，忽然跟他爹说不想念了，要到农场做活去。他爹想：农场里能学技术，也能学文化，就同意了。后来才知道，他还有个心思。他有个哥哥，在念高中，还有个妹妹，也在上学。他爹在一个医院里当炊事员。他见他爹张罗着给他们交费，买书，有时要去跟工会借钱，他就决定了：我去作活，这样就是两个人养活五个人，我哥能够念多高就让他念多高。

这样，他就到农场里来做活了。他用一个牙刷把子，截断了，一头磨平，刻了一个小手章：吕志国。每回领了工资，除了伙食、零用（买个学习本，配两节电池……），全部交给他爹。有一次，不知怎么弄的（其实是因为他从场里给家里买了不少东西：菜，果子），拿回去的只有一块五毛钱。他爹接过来，笑笑说：

"这就是两个人养活五个人吗？"

吕志国的脸红了。他知道他偶然跟同志们说过的话传到他爹那里去了。他爹并不是责怪他，这句嘲笑的话里含着疼爱。他爹想：困难是有一点的，哪里就过不去呢？这孩子！究竟走怎样一条路好：继续上学？还是让他在这个农场里长大起来？

小吕已经在农场里长大起来了。在菜园干了半年，后来调到果园，也都半年了。

在菜园里，他干得不坏，组长说他学得很快，就是有点贪玩。调他来果园时，征求过他本人的意见，他像一个成年的大工一样，很爽快地说："行！在哪里干活还不是一样。"乍一到果园时，他什么都不摸头，不大插得上手，有点别扭。但没过多久，他就发现，原来果园对他说来是个更合适的地方。果园里有许多活，大工来做有点窝工，一般女工又做不了，正需要一个伶俐的小工。登上高凳，爬上树顶，绑老架的葡萄条，果树摘心，套纸袋，捉金龟子，用一个小铁丝钩疏虫果，接了长长的竿子喷射天蓝色的波尔多液……在明丽的阳光和葱笼的绿叶当中做这些事，既是严肃的工作，又是轻松的游戏，既"起了作用"，又很好玩，实在叫人快乐。这样的活，对于一个十四岁的孩子，不论在身体上、情绪上，都非常相投。

小吕很快就对果园的角角落落都熟悉了。他知道所有果木品种的名字：金冠、黄奎、元帅、国光、红玉、祝；烟台梨、明月、二十世纪；蜜肠、日面红、秋梨、鸭梨、木头梨；白香蕉、柔丁香、老虎眼、大粒白、秋紫、金铃、玫瑰香、沙巴尔、黑汗、巴勒斯坦、白拿破仑……而且准确地知道每一棵果树的位置。有时组长给一个调来不久的工人布置一件工作，一下子不容易说清那地方，小吕在旁边，就说："去！小吕，你带他去，告诉他！"小吕有一件大红的球衣，干活时他喜欢把外面的衣裳脱去，于是，在果园里就经常看见通红的一团，轻快地、兴冲冲地弹跳出没于高高低低、深深浅浅的丛绿之中，惹得过路的人看了，眼睛里也不由得漾出笑意，觉得天色也明朗，风吹得也舒服。

小吕这就真算是果园的人了。他一回家就是说他的果园。他娘、他妹妹都知道，果园有了多少年了，有多少棵树，单葡萄就有八十多种，好多都是外国来的。葡萄还给毛主席送去过。有个大干部要路过这里，毛主席跟他说："你要过沙岭子，那里葡萄很好啊！"毛主席都知道的。果园里有些什么人，她们也都清清楚楚的了，大老张、二老张、大老刘、陈素花、恽美兰……还有个张士林！连这些人的家里的情形，他们有什么能耐，她们也都明明白白。连他爹对果园熟悉得也不下于他所在的医院了。他爹还特为上农场来看过他儿子常常叨念的那个年轻人张士林。他哥放暑假回来，第二天，他就拉他哥爬到孤山顶上去，指给他哥看：

"你看，你看！我们的果园多好看！一行一行的果树，一架一架的葡萄，整整齐齐，那么大一片，就跟画报上的一样，电影上的一样！"

小吕原来在家里住。七月，果子大起来了，需要有人下夜护秋。组长照例开个会，征求大家的意见。小吕说，他愿意搬来住。一来夏天到秋天是果园最好的时候。满树满挂的果子，都着了色，发出香气，弄得果园的空气都是甜甜的，闻着都醉人。这时节小吕总是那么兴奋，话也多，说话的声音也大，好像家里在办喜事似的。二来是，下夜，睡在窝棚里，铺着稻草，星星，又大又蓝的天，野兔子窜来窜去，鸹鸹悠叫，还可能有狼！这非常有趣。张士林曾经笑他："这小子，浪漫主义！"还有，搬过来，他可以和张士林在一起，日夜都在一起。

他很佩服张士林。曾经特为去照了一张相，送给张士林，在背面写道："给敬爱的士林同志！"他用的字眼是充满真实的意思的。他佩服张士林那么年轻，才十九岁，就对果树懂得那么多。不论是修剪，是嫁接，都拿得起来，而且能讲一套。有一次林业学校的学生来参观，由他领着给他们讲，讲得那些学生一愣一愣的，不停地拿笔记本子记。领队的教员后来问张士林："同志，你在什么学校学习过？"张士林说："我上过高小。我们家世代都是果农，我是在果树林里长大的。"他佩服张士林说玩就玩，说看书就看书，看那么厚的，比一块城砖还厚的《果树栽培学各论》。佩服张士林能文能武，正跟场里的技术员合作搞试验，培养葡萄抗寒品种，每天拿个讲义夹子记载。佩服张士林能"代表"场里出去办事。采花粉呀，交换苗木呀……每逢张士林从场长办公室拿了介绍信，背上他的挎包，由宿舍走到火车站去，他就在心里非常羡慕。他说张士林是去当"大使"去了。小张一回来，他看见了，总是连蹦带跳地跑到路口去，一面接过小张的挎包，一面说："嗬！大使回来了！"

他愿意自己也像一个真正的果园技工。可是自己觉得不像。缺少两样东西：一样是树剪子。这里凡是固定在果园做活的，每人都有一把树剪子，装在皮套子里，挎在裤腰带后面，远看像支勃朗宁手枪。他多希望也有一把呀，走出走进——赫！可是他没有。他也有使树剪子的时候。大的手术他不敢动，比如矫正树形，把一个茶杯口粗细的枝丫截掉，他没有那么大的胆子。像是丁个头什么的，这他可不含糊，拿起剪子叭叭地剪。只是他并不老使树剪子，因此没有他专用的，要用就到小仓库架子上去拿"官中"剪子。这不带劲！"官中"的玩意儿总是那么没味道，而且，当然总是，不那么好使。净"塞牙"，不快，费那么大劲，还剪不断。看起来倒像是你不会使剪子似的！气人。

组长大老张见小吕剪两下看看他那剪子，剪两下看看他那剪子，心里发笑。有一天，从他的锁着的柜子里拿出一把全新的苏式树剪，叫："小吕！过来！这把剪子交给你，由你自己使：钝了自己磨，坏了自己修，绷簧掉了——跟公家领，可别老把绷簧搞丢了。小人小马小刀枪，正合适！"周围的人都笑了：因为这把剪子特别轻巧，特别小。小吕这可高了兴了，十分得意地说："做啥像啥，卖啥吆喝啥嘛！"这算了了一桩心事。

自从有了这把剪子，他真是一日三摩挲。除了晚上脱衣服上床才解下来，一天不离身。没事就把剪子拆开来，用砂纸打磨得铮亮，拿在手里都是精滑的。

今天晚上没事,他又打磨他的剪子了,在216次火车过去以前,一直在细细地磨。磨完了,涂上一层凡士林,用一块布包起来——明年再用。葡萄条已经铰完,今年不再有使剪子的活了。

另外一样,是嫁接刀。他想明年自己就先练习削树码子,练得熟熟的,像大老刘一样!也不用公家的刀,自己买。用惯了,趁手。他合计好了:把那把双箭牌塑料把的小刀卖去,已经说好了,猪倌小白要。打一个八折。原价一块六,六八四十八,八得八,一块二毛八。再贴一块钱,就可以买一把上等的角柄嫁接刀!他准备明天就去托黄技师,黄技师两三天就要上北京。

三、老九

老九用四根油浸过的细皮条编一条一根葱的鞭子。这是一种很难的编法,四股皮条,这么绕来绕去的,一走神,就错了花,就拧成麻花耍子了。老九就这么聚精会神地绕着,一面舔着他的舌头。绕一下,把舌头用力向嘴唇外边舔一下,绕一下,舔一下。有时忽然"唔"的一声,那就是绕错了花了,于是拆掉重来。他的确是用的劲儿不小,一根鞭子,道道花一般紧,地道活计!编完了,从墙上把那根旧鞭子取下来,拆掉皮鞘,把新鞭鞘结在那个楸子木刨出来的又重又硬又光滑的鞭杆子上,还挂在原来的地方。

可是这根鞭子他自己是用不成了。

老九算是这个场子里的世袭工人。他爹在场里赶大车,又是个扶耧的好手。他穿着开裆裤的时候,就在场里到处乱钻。使砖头砸杏儿、摘果子、偷萝卜、刨甜菜,都有他。稍大一点,能做点事了,就什么也做,放鸭子,喂小牛,搓玉米,锄豆埂……最近三年正式固定在羊舍,当"羊伴子"——小羊倌。老九是土生土长(小吕家是从外地搬来的),这一带地方,不论是哪个山豁豁,渠坳坳,他都去过,用他自己的说法是"尿尿都尿遍了"。这一带的人,不问老少男女,也无不知道有个秦老九。每天早起，日头上来，露水稍干的时候，只要听见：

　　蓝蓝的天上白云飘，
　　白云下边马儿跑……

就知是老九来了。——这孩子，生了一副上低音的宽嗓子！他每天把羊从圈里放出来，上了路，走在羊群前面，一定是唱这一支歌。一挥鞭子：

　　挥动鞭儿响四方——
　　百鸟齐飞翔……

矮粗矮粗的个子，方头大脸，黑眉毛大眼睛，大嘴，大脚。老九这双鞋也是奇怪，实纳帮，厚布底，满底钉了扁头铁钉，还特别大，走起来忒楞忒楞地响。一摇一晃的，来了！后面是四百只白花花的，挨挨挤挤，颤颤游游的羊，无数的小蹄子踏在地上，走过去像下了一阵暴雨。

老九发育得快,看样子比小吕魁伟壮实得多,像个小大人了。可是,有一次,他拿了家里的碗去食堂买饭,那碗可跟食堂的碗一样,恰好食堂里这两天丢了几个碗,管理员看见了,就说是食堂的,并且大声宣告"秦老九偷了食堂的碗!"老九把脸涨得通红,一句话说不出,忽然嚎叫起来:

"我×你妈!"

一面毫不克制地咧开大嘴哇哇地哭起来,使得一食堂的人都喝吼起来:

"嗳嘿,不兴骂人!"

"有话慢慢说,别哭!"

老九要是到了一个新地方,在一个新单位,做了真正的"工人",若是又受了点委屈,觉得自尊心受了损伤,还会这样哭,这样破口骂人么?

老九真的要走了,要去当炼钢工人去了。他有个舅舅,在第二炼钢厂当工人,早就设法让老九进厂去学徒,他爹也愿意。有人问老九:

"老九,你咋啦,你不放羊了么?"

这叫老九很难回答。谁都知道炼钢好,光荣,工人阶级是老大哥。但是放羊呢？他就说：

"我爹不愿意我放羊，他说放羊不好。"

他也竭力想同意他爹的看法，说："放羊不好，把人都放懒了，啥也不会！"

其实他心里一点也不同意！如果这话要是别人说的，他会第一个起来大声反驳："你瞎说！你凭什么！"

放羊？嘿——

每天早起，打开羊圈门，把羊放出来。挥着鞭子，打着唿哨，嘴里"嗄！嗄！"地喝唤着，赶着羊上了路。按照老羊倌的嘱咐，上哪一座山。到了坡上，把羊打开，一放一个满天星——都匀匀地撒开；或者凤凰单展翅——顺着山坡，斜斜地上去，走成一长溜。羊安安驯驯地吃开草，就不用操什么心了。羊群缓缓地往前推移，远看，像一片云彩在坡上流动。天也蓝，山也绿，洋河的水在树林子后面白亮白亮的。农场的房屋、果树，都看得清清楚楚。一列一列的火车过来过去，看起来又精巧又灵活，简直不像是那么大的玩意。真好呀，你觉得心都轻飘飘的。

"放羊不是艺,笨工子下不地!"不会放羊的,打都打不开。羊老是恋成一疙瘩,挤成一堆,走不成阵势,吃不好草。老九刚放羊时,也是这样。老九蹽过来,追过去,累得满头大汗,心里急咚咚地跳,还是弄不好!有一次,老羊倌病了,就他跟丁贵甲两个人上山,丁贵甲也还没什么经验,竟至弄得羊散了群,几乎下不了山。现在,老羊倌根本不怎么上山了,他俩也满对付得了这四百只羊了。问老九:"放羊是咋放法?"他也说不出,但是他会告诉你老羊倌说过的:看羊群一走,就知道这羊倌放了几年羊了。

放羊的能吃到好东西。山上有野兔子,一个有六七斤重。有石鸡子,有半鸤子。石鸡子跟小野鸡似的,一个准有十两肉。半鸤子一个准是半斤。你听:"呱格丹,呱格丹!呱格丹!"那是母石鸡子唤她汉子了。你不要忙,等着,不大一会,就听见对面山上"呱呱呱呱呱呱……"你轻手轻脚地去,一捉就是一对。山上还有鸤鸤,就是野鸽子。"天鹅、地鹁,鸽子肉、黄鼠",这是上讲究的。鸤鸤肉比鸽子还好吃。黄鼠也有,不过滩里更多。放羊的吃肉,只有一种办法:和点泥,把打住的野物糊起来,拾一把柴架起火来,烧熟。真香!山上有酸枣,有榛子,有橹林,有红姑蔫,有酸溜溜,有梭瓜瓜,有各色各样的野果。大北滩有一片大桑树林子,夏天结了满树的大桑椹,也没有人去采,落在地下,把地皮都染紫了。每回放羊回来经过,一定是"饱餐一顿",吃得嘴唇、牙齿、舌头,都是紫的,真过瘾!……

放羊苦么?

咋不苦!最苦是夏天。羊一年上不上膘,全看夏天吃草吃得好不好。夏天放羊,又全靠晌午。"打柴一日,放羊一晌"。早起的露水草,羊吃了不好。要上膘,要不得病,就得吃太阳晒过的蔫筋草。可是这时正是最热的时候。不好找个荫凉地方躲着么?不行啊!你怕热,羊也怕热哩,它不给你好好地吃!它也躲荫凉。你看:都把头埋下来,挤成一疙瘩,净想躲在别的羊的影子里,往别个的肚子底下钻。这你就得不停地打。打散了，它就吃草了。可是打散了，一会会，它又挤到一块去了！打散了，一会会，它又挤到一块去了。你想休息？甭想。一夏天这么大太阳晒着，烧得你嘴唇、上颚都是烂的！

真渴呀。这会，农场里给预备了行军壶，自然是好了。若是在旧社会，给地主家放羊，他不给你带水。给你一袋炒面，你就上山吧！你一个人，又不敢走远了去弄水，狼把羊吃了怎办？渴急了，就只好自己喝自己的尿。这在放羊的不是稀罕事。老羊倌就喝过，丁贵甲小时当小羊伴子，也喝过，老九没喝过。不过他知道这些事。就是有行军壶，你也不敢多喝。若是敞开来，由着性儿喝，好家伙，那得多少水？只好抿一点儿，抿一点儿，叫嗓子眼潮润一下就行。

好天还好说，就怕刮风下雨。刮风下雨也好说，就怕下雹子。老九就遇上过。有一回，在马脊梁山，遇了一场大雹子！下了足有二十分钟，足有鸡蛋大。砸得一群羊惊惶失措，满山乱跑，咩咩地叫成一片。砸坏了三十只，跛了腿，起不来了。后来是老羊倌、丁贵甲和老九一趟一趟地抱回来的。吓得老九那天沉不住了，脸上一阵白，一阵紫，他觉得透不出气来。不是老羊倌把他那个竹皮大斗笠给他盖住，又给他喝了几口他带在身上的白酒，说不定就回不来啦。

但是这些，从来也没有使老九告过孬，发过怵。他现在回想起来倒都觉得很痛快，很甜蜜，很幸福。他甚至觉得遇上那场雹子是运气。这使他觉得生活丰富、充实，使他觉得自己能够算得上是一个有资格，有经验的羊倌了，是个见识过的，干过一点事情的人了，不再是只知道要窝窝吃的毛孩子了。这些，苦热、苦渴、风雨、冷雹，将和那些蓝天、白云、绿山、白羊、石鸡、野兔、酸枣、桑椹互相融和调合起来，变成一幅浓郁鲜明的图画，永远记述着秦老九的十五岁的少年的光阴，日后使他在不同的环境中还会常常回想。他从这里得到多少有用的生活的技能和知识，受了多好的陶冶和锻炼啊。这些，在他将来炼钢的时候，或者履行着别样的职务时，都还会在他的血液里涌溢，给予他持续的力量。

但是他的情绪日渐向往于炼钢了。他在电影里，在招贴画上，看过不少炼钢的工人，他的关于炼钢的知识和印象也就限于这些。他不止一次设想自己下一个阶段的样子——一个炼钢工人：戴一顶大八角鸭舌帽，帽舌下有一副蓝颜色的像两扇小窗户一样的眼镜，穿着水龙布的工作服——他不知那是什么布，只觉得很厚，很粗，场子里有水泵，水泵上用的管子也是用布做的，也很厚，很粗，他以为工作服就是那种布——戴了很大很大的手套，拿着一个很长的后面有个大圈的铁家伙……没人的时候，他站在床上，拿着小吕护秋用的标枪，比划着，比划着。他觉得前面，偏左一点，是炼钢的炉子，轰隆轰隆的熊熊的大火。他觉得火光灼着他的眼睛，甚至感觉得到他左边的额头和脸颊上明明有火的热度。他的眼睛眯细起来，眯细起来……他出神地体验着，半天，半天，一动也不动。果园的大老张一头闯进来，看见老九脸上的古怪表情（姿势赶快就改了,标枪也撂了,可是脸上没有来得及变样——他这么眯细着太久了,肌肉一下子也变不过来),忍不住问:"老九,你在干啥呢?你是怎么啦?"

今天晚上,老九可是专心致志地打了一晚上鞭子。你已经要去炼钢了,还编什么鞭子呢?

一来是习惯。他不还没有走吗?他明天把行李搬回去,叫他娘拆洗拆洗,三天后才动身呢。那么,既在这里,总要找点事做。这根鞭子早就想到要编了。编起来,他不用,总有人用。何况,他本来已经想好,在编着的时候又更确实地重复了一遍他的决定:这根鞭子送给留孩,明天走的时候送给他。

四、留孩和丁贵甲

留孩和丁贵甲是奶兄弟。这一带风俗,对奶亲看得很重。结婚时先给奶爹奶母磕头;奶爹奶母死了，像给自己的爹妈一样的戴孝。奶兄弟，奶姊妹，比姨姑兄弟姊妹都亲。丁贵甲的亲娘还没有出月子就死了，丁贵甲从小在留孩娘跟前寄奶。后来丁贵甲的爹得了腰疼病，终于也死了。他在给人家当小羊伴子以前，一直就在留孩家长大。丁贵甲有时请假说回家看看，就指的是留孩的家。除此之外，他的家便是这个场了。

留孩一年也短不了来看他奶哥。过去大都是他爹带他来，这回是他自己来的——他爹在生产队里事忙，三五天内分不开身；而且他这回来和往回不同：他是来谈工作的。他要来顶老九的手。留孩早就想过到这个场里来工作。他奶哥也早跟场领导提了。这回谈妥了，老九一走，留孩就搬过来住。

留孩，你为什么想到场子里来呢？这儿有你奶哥；还有？——"这里好。"这里怎么好？——"说不上来。"

……

这里有火车。

这里有电影，两个星期就放映一回，常演打仗片子，捉特务。

这里有很多小人书。图书馆里有一大柜子。

这里有很多机器。播种机、收割机、脱粒机……张牙舞爪，排成一大片。

这里庄稼都长得整齐。先用个大三齿耙似的家伙在地里划出线，长出来，笔直。

这里有花生、芝麻、红白薯……这一带都没有种过，也长得挺好。

有果园，有菜园。

有玻璃房子，好几排，亮堂堂的，冬天也结西红柿，结黄瓜。黄瓜那么绿，西红柿那么红，跟上了颜色一样。

有很多鸡，都一色是白的；有很多鸭，也一色是白的。风一吹，白毛儿忒勒勒飘翻起来，真好看。有很多很多猪，都是短嘴头子，大腮帮子，巴克夏，约克夏。这里还有养鱼池，看得见一条一条的鱼在水里游……

这里还有羊。这里的羊也不一样。留孩第一次来，一眼就看到：这里的羊都长了个狗尾巴。不是像那样扁不塌塌的沉甸甸颤巍巍的坠着，遮住屁股蛋子，而是很细很长的一条，当郎着。他先初以为这不像样子，怪寒伧的。后来当然知道，这不是本地羊，是本地羊和高加索绵羊的杂交种。这种羊，一把都抓不透的毛子，作一件皮袄，三九天你尽管躺到洋河冰上去睡觉吧！既是这样，那么尾巴长得不大体面，也就可以原谅了。

那两头"高加索"，好家伙，比毛驴还大。那么大个脑袋（老羊倌说一个脑袋有十三斤肉），两盘大角，不知绕了多少圈，最后还旋扭着向两边支出来。脖子下的皮皱成数不清的折子，鼓鼓囊囊的，像围了一个大花领子。老是慢吞吞地，稳稳重重地在草地上踱着步。时不时地，停下来，斜着眼，这边看看，那边看看，样子很威严，很尊贵。留孩觉得它很像张士林的一本游记书上画的盛装的非洲老酋长。老九叫他骑一骑。留孩说："羊嘛，咋骑得！"老九说："行！"留孩当真骑上去，不想它立刻围着羊舍的场子开起小跑来，步子又匀，身子又稳！原来这两只羊已经叫老九训练得很善于做本来是驴应做的事了。

留孩,你过两天就是这个场子里的一个农业工人了。就要一天和这两个老酋长,还有那四百只狗尾巴的羊作伴了,你觉得怎么样,好呢还是不好?——"好。"

场子里老一点的工人都还记得丁贵甲刚来的时候的样子。又干又瘦,披了件丁令当郎的老羊皮,一卷行李还没个枕头粗。问他多大了,说是十二,谁也不相信。待问过他属什么,算一算,却又不错。不论什么时候,都是那么寒簌簌的;见了人,总是那么怯生生的。有的工人家属见他走过,私下担心:这孩子怕活不出来。场子里支部书记有一天远远地看了他半天,说,这孩子怎的呢,别是有病吧,送医院里检查检查吧。一检查:是肺结核。在医院整整住了一年,好了,人也好像变了一个。接着,这小子,好像遭了掐脖旱的小苗子,一朝得着足量的肥水,嗖嗖地飞长起来,三四年工夫,长成了一个肩阔胸高腰细腿长的,非常匀称挺拔的小伙子。一身肌肉,晒得紫黑紫黑的。照一个当饲养员的王全老汉的说法：像个小马驹子。

这马驹子如今是个无事忙，什么事都有他一份。只要是球，他都愿意摸一摸。放了一天羊，爬了一天山，走了那么远的路，回来扒拉两大碗饭，放下碗就到球场上去。逢到节日，有球赛，连打两场，完了还不休息。别人都已经走净了，他一个人在月亮地里还绷楞绷楞地射篮。摸鱼，捉蛇，掏雀，撵兔子，只要一声吆唤，马上就跟你走。哪里有夜战，临时突击一件什么工作，挑渠啦，挖沙啦，不用招呼，他扛着铁锹就来了。也不问青红皂白，吭吭就干起来。冬天刨冻粪，这是个最费劲的活，常言说："刨过个冻粪哪！作过个怕梦哪！"他最愿意揽这个活。使尖镐对准一个口子，别足了劲："许一个猪头——开！许一个羊头——开！开——开！狗头也不许了！"这小伙子好像有太多过剩的精力，不找点什么重实点的活消耗消耗，就觉得不舒服似的。

小伙子一天无忧无虑，不大有心眼。什么也不盘算。开会很少发言，学习也不大好，在场里陆续认下的两个字还没有留孩认得的多。整天就知道干活、玩。也喜欢看电影。他把所有的电影分成两大类：一类是打仗的，一类是找媳妇的。凡是打仗的，就都"好"！凡是找媳妇的，就"唉噫，不看不看"！找媳妇的电影尚且不看，真的找媳妇那更是想都不想了。他奶母早就想张罗着给他寻一个对象了。每次他回家，他奶母都问他场子里有没有好看的姑娘，他总是回答得不得要领。他说林凤梅长得好，五四也长得好。问了问，原来林凤梅是场里生产队长的爱人，已经生过三个孩子；五四是个幼儿园的孩子，一九五四年生的！好像恰恰是和他这个年龄相当的，他都没有留心过。奶母没法，只好摇头。其实场子里这个年龄的，很有几个，也有几个长得不难看的。她们有时谈悄悄话的时候，也常提到他。有一个念过一年初中的菜园组长的女儿，给他做了个鉴定，说："他长得像周炳，有一个名字正好送给他：《三家巷》第一章的题目！"其余几个没有看过《三家巷》的，就找了这本小说来看。一看，原来是："长得很俊的傻孩子"，她们格格格地笑了一晚上。于是每次在丁贵甲走过时，她们就更加留神看他，一面看，一面想想这个名字，便格格格的笑。这很快就固定下来，成为她们私下对于他的专用的称呼，后来又简化、缩短，由"长得很俊的傻孩子"变成"很俊的——"。正在做活，有人轻轻一嘀咕："嗨！很俊的来了！"于是都偷眼看他，于是又格格格地笑。

这些，丁贵甲全不理会。他一点也不知道他有这么一个名字。起先两回，有人在他身后格格地笑，笑得他也疑惑，怕是老九和小吕在他歇晌时给他在脸上画了眼镜或者胡子。后来听惯了，也不以为意，只是在心里说：丫头们，事多！

其实，丁贵甲因为从小失去爹娘，多受苦难，在情绪上智慧上所受的启发诱导不多；后来在这样一个集体的环境中成长，接触的人事单纯，又缺少一点文化，以致形成他思想单纯，有时甚至显得有点愣，不那么精灵。这是一块璞，如果在一个更坚利精微的砂轮上磨铣一回，就会放出更晶莹的光润。理想的砂轮，是部队。丁贵甲正是日夜念念不忘地想去参军。他之所以一点也不理会"丫头们"的事,也和他的立志做解放军战士有关。他现在正是服役适龄。上个月底,刚满十八足岁。

丁贵甲这会儿正在演戏。他演戏,本来不合适,嗓子不好,唱起来不搭调。而且他也未必是对演戏本身真有兴趣。真要派他一个重要一点的角色,他会以记词为苦事,背锣经为麻烦。他的角色也不好派,导演每次都考虑很久,结果总是派他演家院。就是演家院,他也不像个家院。照一个天才鼓师(这鼓师即猪倌小白,比丁贵甲还小两岁,可是打得一手好鼓)说:"你根本就一点都不像一个古人!"可不是,他直直地站在台上,太健康,太英俊,实在不像那么一回事,虽则是穿了老斗衣,还挂了一副白满。但是他还是非常热心地去。他大概不过是觉得排戏人多,好玩。红火,热闹,大锣大鼓地一敲,哇哇地吼几嗓子,这对他的蓬勃炽旺的生命,是能起鼓扬疏导作用的。他觉得这么闹一阵,舒服。不然,这么长的黑夜,你叫他干什么去呢,难道像王全似的摊开盖窝睡觉?

现在秋收工作已经彻底结束，地了场光，粮食入库，冬季学习却还没有开始，所以场里决定让业余剧团演两晚上戏，劳逸结合。新排和重排的三个戏里都有他，两个是家院，一个是中军。以前已经拉了几场了，最近连排三个晚上，可是他不能去，这把他着急坏了。

因为丢了一只半大羊羔子。大前天，老九舅舅来了，早起老九和丁贵甲一起把羊放上山，晌午他先回一步，丁贵甲一个人把羊赶回家的。入圈的时候，一数，少了一只。丁贵甲连饭也没吃，告诉小吕，叫他请大老张去跟生产队说一声，转身就返回去找了。找了一晚上，十二点了，也没找到。前天，叫老九把羊赶回来，给他留点饭，他又一个人找了一晚上，还是没找到。回来，老九给他把饭热好了，他吃了多半碗就睡了。这两天老羊倌又没在，也没个人讨主意！昨天，生产队说：找不到就算了，算是个事故，以后不要麻痹。看样子是找不到了，两夜了，不是叫人拉走，也要叫野物吃了。但是他不死心，还要找。他上山时就带了一点干粮，对老九说："我准备找一通夜！找不到不回来。若是人拉走了，就不说了；若是野物吃了，骨头我也要找它回来，它总不能连皮带骨头全都咽下去。不过就是这么几座山，几片滩，它不能土遁了，我一个脚印一个脚印地把你盖遍了，我看你跑到哪里去！"老九说他把羊赶回去也来，还可以叫小吕一起来帮助找，丁贵甲说："不。家里没有人怎么行？晚上谁起来看羊圈？还要闷料——玉黍在老羊倌屋里，先用那个小麻袋里的。小吕子不行，他路不熟，胆子也小，黑夜没有在山野里呆过。"正说着，他奶弟来了。他知道他这天来的，就跟奶弟说："我今天要找羊。事情都说好了，你请小吕陪你到办公室，填一个表，我跟他说了。晚上你先睡吧，甭等我。我叫小吕给你借了几本小人书，你看。要是有什么问题，你先找一下大老张，让他告给你。"

晚上，老九和留孩都已经睡实了，小吕也都正在迷糊着了——他们等着等着都困了，忽然听见他连笑带嚷地来了：

"哎！找到啦！找到啦！还活着哩！哎！快都

起来！都起来！找到啦！我说它能跑到哪里去呢？哎——"

这三个人赶紧一骨碌都起来，小吕还穿衣裳，老九是光着屁股就跳下床来了。留孩根本没脱——他原想等他奶哥的，不想就这么睡着了，身上的被子也不知是谁给搭上的。

"找到啦？"

"找到啦！"

"在哪儿哪？"

"在这儿哪。"

原来他把自己的皮袄脱下来给羊包上了，所以看不见。大家于是七手八脚地给羊舀一点水，又倒了点精料让它吃。这羔子，饿得够呛，乏得不行啦。一面又问：

"在哪里找到的？"

"怎么找到的？"

"黑咕隆咚的，你咋看见啦？"

丁贵甲嚼着干粮（他干粮还没吃哩），一面喝水，一面说：

"我哪儿哪儿都找了。沿着我们那天放羊走过的地方,来回走了三个过儿——前两天我都来回地找过了:没有!我心想:哪儿去了呢?我一边找,一边捉摸它的个头、长相,想着它的叫声,忽然,我想起:叫叫看,怎么样?试试!我就叫!满山遍野地叫。不见答音。四处静悄悄的,只有宁远铁厂的吹风机好像远远地呼呼地响,也听不大真切,就我一个人的声音。我还叫。忽然,——'咩……'我说,别是我耳朵听差了音,想的?我又叫——'咩……咩……'这回我听真了,没错!这还能错?我天天听惯了的,娇声娇气的!我赶紧奔过去——看我磕膝上摔的这大块青,——破了!路上有棵新伐树桩子,我一喜欢,忘了,叭叉摔出去丈把远,喔唷,真他妈的!肿了没有?老九,给我拿点碘酒——不要二百二,要碘酒,妈的,辣辣的,有劲!——把我帽子都摔丢了!我找了羊,又找帽子。找帽子又找了半天!真他妈缺德!他早不伐树晚不伐树,赶爷要找羊了,他伐树!

"你说在哪儿找到的?太史弯不有个荒沙梁子

吗？拐弯那儿不是叫山洪冲了个豁子吗？笔陡的，那底下不是坟滩吗？前天，老九，我们不是看见人家迁坟吗，刨了一半，露了棺材，不知为什么又不刨了！这毬东西，爷要打你！它不是老爱走外手边吗，大概是豁口那儿沙软了，往下塌，别的羊一挤，它就滚下去了！有那么巧，可正掉在坟窟窿里！掉在烂棺材里！出不来了！棺材在土里埋了有日子了，糟朽了，它一砸，就折了，它站在一堆死人骨头里，——那里头倒不冷！不然饿不杀你也冻杀你！外边挺黑。可我在黑里头久了，有点把星星的光就能瞅见。我又叫一声——'咩……'不错！就在这里。它是白的，我模模糊糊看见有一点白晃晃的，下面一摸，正是它！小东西！可把爷担心得够呛！累得够呛！明天就叫伙房宰了你！我看你还爱走外手边！还爱走外手边？唔？"

等羊缓过一点来，有了精神，把它抱回羊圈里去，收拾睡下，已经是后半夜了。

今天，白天他带着留孩上山放了一天羊，告诉他什么地方的草好，什么地方有毒草。几月里放阳坡，上什么山；几月里放阴坡，上什么山；什么山是半椅子臂，该什么时候放。哪里蛇多，哪里有个暖泉，哪里地里有碱。看见大栅栏落下来了，千万不能过——火车要来了。片石山每天十一点五十要放炮崩山，不能去那里……其实日子长着呢，非得赶今天都告诉你奶弟干什么？

晚上，烧了一个小吕在果园里拾来的刺猬，四个人吃了，玩了一会，他就急急忙忙去侍候他的家爷和元帅去了，他知道奶弟不会怪他的。到这会还不回来。

五、夜，正深浓起来

小吕从来没放过羊，他觉得很奇怪，就问老九和留孩：

"你们每天放羊，都数么？"

留孩和老九同声回答：

"当然数，不数还行哩？早起出圈，晚上回来进圈,都数。不数,丢了你怎么知道?"

"那咋数法?"

咋数法?留孩和老九不懂他的意思,两个人互相看看。老九想了想,哦!

"也有两个一数的,也有三个一数的,数得过来五个一数也行,数不过来一个一个地数!"

"不是这意思!羊是活的嘛!它要跑,这么窜着蹦着挨着挤着,又不是数一筐笋梨,一把树码子,摆着。这你怎么数?"

老九和留孩想一想,笑起来。是倒也是,可是他们小时候放羊用不着他们数,到用到自己数的时候,自然就会了。从来没发生这样的问题。老九又想了想,说:

"看熟了。羊你都认得了,不会看花了眼的。过过眼就行。猪舍那么多猪,我看都是一样。小白就全都认得,小猪娃子跑出来了,他一把抱住,就知往哪个圈里送。也是熟了,一样的。"

小吕想象,若叫自己数,一定不行,非数乱了不可!数着数着,乱了——重来;数着数着,乱了——重来！那，一天早上也出不了圈，晚上也进不了家，净来回数了！他想着那情景，不由得嘿嘿地笑起来，下结论说：

"真是隔行如隔山。"

老九说：

"我看你给葡萄花去雄授粉，也怪麻烦的！那么小的花须，要用镊子夹掉，还不许蹭着柱头！我那天夹了几个，把眼都看酸了！"

小吕又想起昨天晚上丁贵甲一个人满山叫小羊的情形，想起那么黑，那么静，就只听见自己的声音，想起坟窟窿，棺材，对留孩说：

"你奶哥胆真大！"

留孩说："他现在胆大，人大了。"

小吕问留孩和老九：

"要叫你们去，一个人，敢么？"

老九和留孩都没有肯定地回答。老九说：

"丁贵甲叫羊急的，就是怕，也顾不上了。事到临头，就得去。这一带他也走熟了。他晚上排戏还不老是十一二点回来。也就是解放后。我爹说，十多年头里,过了扬旗,晚上就没人敢走了。那里不清静,劫过人,还把人杀了。"

"在哪里?"

"过了扬旗。准地方我也不知道。"

……

"——这里有狼么?"小吕想到狼了。

"有!"

"河南狼多,"留孩说,"这两年也少了。"

"他们说是五八年大炼钢铁炼的,到处都是火,烘烘烘,狼都吓得进了大山了。有还是有的。老郑黑夜浇地还碰上过。"

"那我怎么下了好几个月夜,也没碰上过?"

"有!你没有碰上就是了。要是谁都碰上,那成了口外的狼窝沟了!这附近就有,还来果园。你问大老刘,他还打死过一只——一肚子都是葡萄。"

小吕很有兴趣了,留孩也奇怪,怎么都是葡萄,就都一起问:

"咋回事?咋回事?"

"那年,还是李场长在的时候哩!葡萄老是丢,而且总是丢白香蕉。大老刘就夜夜守着,原来不是人偷的,是一只狼。李场长说:'老刘,你敢打么?'老刘说,'敢!'老刘就对着它每天来回走的那条车路,挖了一道壕子,趴在里面,拿上枪,上好子弹,等着——"

"什么枪,是这支火枪么?"

"不是,"老九把羊舍的火枪往身边靠了靠,说,"是老陈守夜的快枪——等了它三夜,来了!一枪就给撂倒了。打开膛:一肚子都是葡萄,还都是白香蕉!这老家伙可会挑嘴哩,它也知道白香蕉葡萄好吃!"

留孩说:"狼吃葡萄么?狼吃肉,不是说'狼行千里吃肉'么?"

老九说:"吃。狼也吃葡萄。"

小吕说:"这狼大概是个吃素的,是个把斋的老道!"

说得留孩和老九都笑起来。

"都说狼会赶羊,是真的么?狼要吃哪只羊,就拿尾巴拍拍它,像哄孩子一样,羊就乖乖地在前头走,是真的么?"

"哪有这回事!"

"没有!"

"那人怎么都这么说?"

"是这样——狼一口咬住羊的脖子,拖着羊,羊疼哩,就走,狼又用尾巴抽它,——哪是拍它!嗯擞——嗯擞——嗯擞,看起来轻轻的,你看不清楚,就像狼赶羊,其实还是狼拖羊。它要不咬住它,它跟你走才怪哩!"

"你们看见过么?留孩,你见过么?"

"我没见过,我是在家听贵甲哥说过的。贵甲哥在家给人当羊伴子时候,可没少见过狼。他还叫狼吓出过毛病,这会不知好了没有,我也没问他。"

这连老九也不知道,问:

"咋回事?"

"那年,他跟上羊倌上山了。我们那里的山高,又陡,差不多的人连羊路都找不到。羊倌到沟里找水去了,叫贵甲哥一个人看一会。贵甲哥一看,一群羊都惊起来了,一个一个哆里哆嗦的,又低低地叫唤。贵甲哥心里嗵通一下——狼！一看，灰黄灰黄的，毛茸茸的，挺大，就在前面山杏丛里。旁边有棵树，吓得贵甲哥一蹿就上了树。狼叼了一只大羔子，使尾巴赶着，嗖拉一下子就从树下过去了，吓得贵甲哥尿了一裤子。后来，只要有点着急事，下面就会津津地漏出尿来。这会他胆大了，小时候，——也怕。"

"前两天丢了羊，也着急了，咱们问问他尿了没有？"

"对！问他！不说就扒他的裤子检查！"

茶开了。小吕把沙锅端下来，把火边的山药翻了翻。老九在挎包里摸了摸，昨天吃剩的朝阳瓜子还有一把，就兜底倒出来，一边喝着高山顶，一边嗑瓜子。

"你们说，有鬼没有？"这回是老九提出问题。

留孩说："有。"

小吕说："没有。"

"有来，"老九自己说，"就在咱们西南边，不很远，从前是个鬼市，还有鬼饭馆。人们常去听，半夜里,乒乒乓乓地炒菜,勺子铲子响,可热闹啦!"

"在哪里?"这小吕倒很想去听听,这又不可怕。

"现在没有了。现在那边是兽医学校的牛棚。"

"哎噫——"小吕失望了,"我不相信,这不知是谁造出来的!鬼还炒菜?!"

留孩说:"怎么没有鬼?我听我大爷说过:

"有一帮河南人,到口外去割莜麦。走到半路上,前不巴村,后不巴店,天也黑夜了,有一个旧马棚,空着,也还有个门,能插上,他们就住进去了。在一个大草滩子里,没有一点人烟。都睡下了。有一个汉子烟瘾大,点了个蜡头在抽烟。听到外面有人说:

"'你老们,起来解手时多走两步噢,别尿湿了我这疙瘩毡子,我就这么一块毡子啊!'

"这汉子也没理会,就答了一声:

"'知道啦。'

"一会儿,又是:

"'你老们,起来解手时多走两步噢,我就这么一块毡子啊!'

"'知道啦。'

"一会儿,又来啦:

"'你老们,起来解手时多走两步噢,别尿湿了我这疙瘩毡子,我就这么一块疙瘩毡子啊!'

"'知道啦!你怎么这么噜苏啊!'

"'我怎么噜苏啦?'

"'你就是噜苏!'

"'我怎么噜苏?'

"'你噜苏!'

"两个就隔着门吵起来,越吵越凶。外面说:

"'你敢给爷出来!'

"'出来就出来!'

"那汉子伸手就要拉门,回身一看:所有的人都拿眼睛看住他,一起轻轻地摇头。这汉子这才想起来,吓得脸煞白——"

"怎么啦?"

"外边怎么可能有人啊,这么个大草滩子里?

撒尿怎么会尿湿了他的毡子啊?他们都想,来的时候仿佛离墙不远有一疙瘩土,像是一个坟。这是鬼,也是像他们一样背了一块毡子来割莜麦的,死在这里了。这大概还是一个同乡。

"第二天,他们起来看,果然有一座新坟。他们给他加加土,就走了。"

这故事倒不怎么可怕,只是说得老九和小吕心里都为这个客死在野地里的只有一块毡子的河南人很不好受。夜已经很深了,他们也不想喝茶了,瓜子还剩一小撮,也不想吃了。

过了一会,忽然,老九的脸色一沉:

"什么声音?"

是的!轻轻的,但是听得很清楚,有点像羊叫,又不太像。老九一把抓起火枪:

"走!"

留孩立刻理解:羊半夜里从来不叫,这是有人偷羊了!他跟着老九就出来。两个人直奔羊圈。小吕抓起他的标枪,也三步抢出门来,说:"你们去羊圈看看,我在这里,家里还有东西。"

老九、留孩用手电照了照几个羊圈,都好好的,羊都安安静静地卧着,门、窗户,都没有动。正察看着,听见小吕喊:

"在这里了!"

他们飞跑回来,小吕正闪在门边,握着标枪,瞄着屋门:

"在屋里!"

他们略一停顿,就一齐踢开门进去。外屋一照,没有。上里屋。里屋灯还亮着,没有。床底下!老九的手电光刚向下一扫,听见床下面"扑哧"的一声——

"他妈的,是你!"

"好!你可吓了我们一跳!"

丁贵甲从床底下爬出来,一边爬,一边笑得捂着肚子。

"好!耍我们!打他!"

于是小吕、老九一齐扑上去,把丁贵甲按倒,一个压住脖子,一个骑住腰,使劲打起来。连留孩也上了手,拽住他企图往上翻拗的腿。一边打,一

羊舍一夕

边说，骂；丁贵甲在下面一边招架，一边笑，说。

"我看见灯……还亮着……我说，试试这几个小鬼！……我早就进屋了！拨开门划，躲在外屋……我嘻嘻嘻……叫了一声，听见老九，嘻嘻嘻嘻——"

"妈的！我听见'嗨——咩'的一声，像是只老公羊！是你！这小子！这小子！"

"老九……拿了手电嘻嘻就……走！还拿着你娘的……火枪嘻嘻，呜噎，别打头！小吕嘻嘻嘻拿他妈一根破标……枪嘻嘻，你们只好……去吓鸟！"

这么一边说着，打着，笑着，滚着，闹了半天，直到丁贵甲在下面说：

"好香！煨了……山药……煨了！哎哟……我可饿了！"

他们才放他起来。留孩又去捅了捅炉子，把高山顶又坐热了，大家一边吃山药，一边喝茶，一边又重复地演述着刚才的经过。

他们吃着，喝着，说了又说，笑了又笑。当中又夹着按倒，拳击，捧腹，搂抱，表演，比划。他们高兴极了,快乐极了,简直把这间小屋要闹翻了,涨破了,这几个小鬼!他们完全忘记了现在是很深的黑夜。

六、明天

明天,他们还会要回味这回事,还会说、学、表演、大笑,而且等张士林回来一定会告诉张士林,会告诉陈素花、恽美兰,并且也会说给大老张听的。将来有一天,他们聚在一起,还会谈起这晚上的事,还会觉得非常愉快。今夜,他们笑够了,闹够了,现在都安静了,睡下了,起先,隔不一会还有人含含糊糊地说一句什么,不知是醒着还是在梦里,后来就听不到一点声息了。这间在昏黑中哗闹过、明亮过的半坡上的羊舍屋子,沉静下来,在拥抱着四山的广阔、丰美、充盈的暗夜中消融。一天就这样地过去了。夜在进行着,夜和昼在渗入、交递,开往北京的216次列车也正在轨道上奔驰。

明天，就又是一天了。小吕将会去找黄技师，置办他的心爱的嫁接刀。老九在大家的帮助下，会把行李结起来，走上他当一个钢铁工人的路。当然，他会把他新编得的羊鞭交给留孩。留孩将要来这个很好的农场里当一名新一代的牧羊工。征兵的消息已经传开，说不定场子里明天就接到通知，叫丁贵甲到曾经医好他肺结核的医院去参加体格检查，准备入伍、受训，在他所没有接触过的山水风物之间，在蓝天或绿海上，戴起一顶缀着红徽的军帽。这些，都在夜间趋变为事实。

这也只是一个平常的夜。但是人就是这样一天一天，一黑夜一黑夜地长起来的。正如同庄稼，每天观察差异也都不太明显，然而它发芽了，出叶了，拔节了，孕穗了，抽穗了，灌浆了，终于成熟了。这四个现在在一排并睡着的孩子（四个枕头各托着一个蓬蓬松松的脑袋），他们也将这样发育起来。在党无远弗及的阳光照煦下，经历一些必要的风风雨雨，都将迅速、结实、精壮地成长起来。

现在，他们都睡了。灯已经灭了。炉火也封住了。但是从煤块的缝隙里，有隐隐的火光在泄漏，而映得这间小屋充溢着薄薄的，十分柔和的，蔼然的红晖。

睡吧，亲爱的孩子。

一九六一年十一月二十五日写成

大淖记事

这地方的地名很奇怪，叫做大淖。全县没有几个人认得这个淖字。县境之内，也再没有别的叫做什么淖的地方。据说这是蒙古话。那么这地名大概是元朝留下的。元朝以前这地方有没有，叫做什么，就无从查考了。

淖，是一片大水。说是湖泊，似还不够，比一个池塘可要大得多，春夏水盛时，是颇为浩淼的。这是两条水道的河源。淖中央有一条狭长的沙洲。沙洲上长满茅草和芦荻。春初水暖，沙洲上冒出很多紫红色的芦芽和灰绿色的蒌蒿，很快就是一片翠绿了。夏天，茅草、芦荻都吐出雪白的丝穗，在微风中不住地点头。秋天，全都枯黄了，就被人割去，加到自己的屋顶上去了。冬天，下雪，这里总比别处先白。化雪的时候，也比别处化得慢。河水解冻了，发绿了，沙洲上的残雪还亮晶晶地堆积着。这条沙洲是两条河水的分界处。从淖里坐船沿沙洲西面北行，可以看到高阜上的几家炕房。绿柳丛中，露出雪白的粉墙，黑漆大书四个字："鸡鸭炕房"，非常显眼。炕房门外，照例都有一块小小土坪，有几个人坐在树桩上负曝闲谈。不时有人从门里挑出一副很大的扁圆的竹笼，笼口络着绳网，里面是松花黄色的，毛茸茸，挨挨挤挤，啾啾乱叫的小鸡小鸭。由沙洲往东，要经过一座浆坊。浆是浆衣服用的。这里的人，衣服被里洗过后，都要浆一浆。浆过的衣服，穿在身上沙沙作响。浆是芡实水磨，加一点明矾，澄去水分，晒干而成。这东西是不值什么钱的。一大盆衣被，只要到杂货店花两三个铜板，买一小块，用热水冲开，就足够用了。但是全县浆粉都由这家供应（这东西是家家用得着的），所以规模也不算小。浆坊有四五个师傅忙碌着。喂着两头毛驴，轮流上磨。浆坊门外，有一片平场，太阳好的时候，每天晒着浆块，白得叫人眼睛都睁不开。炕房、浆坊附近还有几家买卖荸荠、茨菇、菱角、鲜藕的鲜货行，集散鱼蟹的鱼行和收购青草的草行。过了炕房和浆坊，就都是田畴麦垅，牛棚水车，人家的墙上贴着黑黄色的牛屎粑粑，——牛粪和水，拍成饼状，直径半尺，整齐地贴在墙上晾干，作燃料，已经完全是农村的景色了。由大淖北去，可至北乡各村。东去可至一沟、二沟、三垛，直达邻县兴化。

大淖的南岸，有一座漆成绿色的木板房，房顶、地面，都是木板的。这原是一个轮船公司。靠外手是候船的休息室。往里去，临水，就是码头。原来曾有一只小轮船，往来本城和兴化，隔日一班，单日开走，双日返回。小轮船漆得花花绿绿的，飘着万国旗，机器突突地响，烟筒冒着黑烟，装货、卸货，上客、下客，也有卖牛肉、高粱酒、花生瓜子、芝麻灌香糖的小贩，吆吆喝喝，是热闹过一阵的。后来因为公司赔了本，股东无意继续经营，就卖船停业了。这间木板房子倒没有拆去。现在里面空荡荡、冷清清，只有附近的野孩子到候船室来唱戏玩，棍棍棒棒，乱打一气；或到码头上比赛撒尿。七八个小家伙，齐齐地站成一排，把一泡泡骚尿哗哗地撒到水里，看谁尿得最远。

大淖指的是这片水，也指水边的陆地。这里是城区和乡下的交界处。从轮船公司往南，穿过一条深巷，就是北门外东大街了。坐在大淖的水边，可以听到远远地一阵一阵朦朦胧胧的市声，但是这里的一切和街里不一样。这里没有一家店铺。这里的颜色、声音、气味和街里不一样。这里的人也不一样。他们的生活，他们的风俗，他们的是非标准、伦理道德观念和街里的穿长衣念过"子曰"的人完全不同。

二

由轮船公司往东往西，各距一箭之遥，有两丛住户人家。这两丛人家，也是互不相同的，各是各乡风。

西边是几排错错落落的低矮的瓦屋。这里住的是做小生意的。他们大都不是本地人,是从下河一带,兴化、泰州、东台等处来的客户。卖紫萝卜的(紫萝卜是比荸荠略大的扁圆形的萝卜,外皮染成深蓝紫色,极甜脆),卖风菱的(风菱是很大的两角的菱角,壳极硬),卖山里红的,卖熟藕(藕孔里塞了糯米煮熟)的。还有一个从宝应来的卖眼镜的,一个从杭州来的卖天竺筷的。他们像一些候鸟,来去都有定时。来时,向相熟的人家租一间半间屋子,住上一阵,有的住得长一些,有的短一些,到生意做完,就走了。他们都是日出而作,日入而息。吃罢早饭,各自背着、扛着、挎着、举着自己的货色,用不同的乡音,不同的腔调,吟唱吆唤着上街了。到太阳落山,又都像鸟似的回到自己的窝里。于是从这些低矮的屋檐下就都飘出带点甜味而又呛人的炊烟(所烧的柴草都是半干不湿的)。他们做的都是小本生意,赚钱不大。因为是在客边,对人很和气,凡事忍让,所以这一带平常总是安安静静的,很少有吵嘴打架的事情发生。

这里还住着二十来个锡匠，都是兴化帮。这地方兴用锡器，家家都有几件锡制的家伙。香炉、蜡台、痰盂、茶叶罐、水壶、茶壶、酒壶，甚至尿壶，都是锡的。嫁闺女时都要赔送一套锡器。最少也要有两个能容四五升米的大锡罐，摆在柜顶上，否则就不成其为嫁妆。出阁的闺女生了孩子，娘家要送两大罐糯米粥（另外还要有两只老母鸡，一百鸡蛋），装粥用的就是娘柜顶上的这两个锡罐。因此，二十来个锡匠并不显多。

锡匠的手艺不算费事，所用的家什也较简单。一副锡匠担子，一头是风箱，绳系里夹着几块锡板；一头是炭炉和两块二尺见方、一面裱着好几层表芯纸的方砖，锡器是打出来的，不是铸出来的。人家叫锡匠来打锡器，一般都是自己备料，——把几件残旧的锡器回炉重打。锡匠在人家门道里或是街边空地上，支起担子，拉动风箱，在锅里把旧锡化成锡水，——锡的熔点很低，不大一会就化了；然后把两块方砖对合着（裱纸的一面朝里），在两砖之间压一条绳子，绳子按照要打的锡器圈成近似的形状，绳头留在砖外，把锡水由绳口倾倒过去，两砖一压，就成了锡片；然后，用一个大剪子剪剪，焊好接口，用一个木棰在铁砧上敲敲打打，大约一两顿饭工夫就成型了。锡是软的，打锡器不像打铜器那样费劲，也不那样吵人。粗使的锡器，就这样就能交活。若是细巧的，就还要用刮刀刮一遍，用砂纸打一打，用竹节草（这种草中药店有卖的）磨得锃亮。

这一帮锡匠很讲义气。他们扶持疾病，互通有无，从不抢生意。若是合伙做活，工钱也分得很公道。这帮锡匠有一个头领，是个老锡匠，他说话没有人不听。老锡匠人很耿直，对其余的锡匠（不是他的晚辈就是他的徒弟）管教得很紧。他不许他们赌钱喝酒；嘱咐他们出外做活，要童叟无欺，手脚要干净；不许和妇道嬉皮笑脸。他教他们不要怕事，也绝不要惹事。除了上市应活，平常不让到处闲游乱窜。

老锡匠会打拳，别的锡匠也跟着练武。他屋里有好些白蜡杆，三节棍，没事便搬到外面场地上打对儿。老锡匠说：这是消遣，也可以防身，出门在外，会几手拳脚不吃亏。除此之外，锡匠们的娱乐便是唱唱戏。他们唱的这种戏叫做"小开口"，是一种地方小戏，唱腔本是萨满教的香火（巫师）请神唱的调子，所以又叫"香火戏"。这些锡匠并不信萨满教，但大都会唱香火戏。戏的曲调虽简单，内容却是成本大套，李三娘挑水推磨，生下咬脐郎；白娘子水漫金山；刘金定招亲；方卿唱道情……可以坐唱，也可以化了装彩唱。遇到阴天下雨，不能出街，他们能吹打弹唱一整天。附近的姑娘媳妇都挤过来看，——听。

老锡匠有个徒弟，也是他的侄儿，在家大排行第十一，小名就叫个十一子，外人都只叫他小锡匠。这十一子是老锡匠的一件心事。因为他太聪明，长得又太好看了。他长得挺拔厮称，肩宽腰细，唇红齿白，浓眉大眼，头戴遮阳草帽，青鞋净袜，全身衣服整齐合体。天热的时候，敞开衣扣，露出扇面也似的胸脯，五寸宽的雪白的板带煞得很紧。走起路来，高抬脚，轻着地，麻溜利索。锡匠里出了这样一个一表人才,真是鸡窝里飞出了金凤凰。老锡匠心里明白:唱"小开口"的时候,那些挤过来的姑娘媳妇,其实都是来看这位十一郎的。

老锡匠经常告诫十一子,不要和此地的姑娘媳妇拉拉扯扯,尤其不要和东头的姑娘媳妇有什么勾搭:"她们和我们不是一样的人!"

三

轮船公司东头都是草房,茅草盖顶,黄土打墙,房顶两头多盖着半片破缸破瓮,防止大风时把茅草刮走。这里的人,世代相传,都是挑夫。男人、女人、大人、孩子,都靠肩膀吃饭。

挑得最多的是稻子。东乡、北乡的稻船,都在大淖靠岸。满船的稻子,都由这些挑夫挑走。或送到米店,或送进哪家大户的廒仓,或挑到南门外琵琶闸的大船上,沿运河外运。有时还会一直挑到车逻、马棚湾这样很远的码头上。单程一趟,或五六里，或七八里、十多里不等。一二十人走成一串，步子走得很匀，很快。一担稻子一百五十斤，中途不歇肩。一路不停地打着号子。换肩时一齐换肩。打头的一个，手往扁担上一搭，一二十副担子就同时由右肩转到左肩上来了。每挑一担，领一根"筹子"，——尺半长，一寸宽的竹牌，上涂白漆，一头是红的。到傍晚凭筹领钱。

稻谷之外，什么都挑。砖瓦、石灰、竹子（挑竹子一头拖在地上，在砖铺的街面上擦得刷刷地响），桐油（桐油很重，使扁担不行，得用木杠，两人抬一桶）……因此，一年三百六十天，天天有活干，饿不着。

十三四岁的孩子就开始挑了。起初挑半担，用两个柳条笆斗。练上一二年，人长高了，力气也够了，就挑整担，像大人一样的挣钱了。

挑夫们的生活很简单：卖力气，吃饭。一天三顿，都是干饭。这些人家都不盘灶，烧的是"锅腔子"——黄泥烧成的矮瓮，一面开口烧火。烧柴是不花钱的。淖边常有草船，乡下人挑芦柴入街去卖，一路总要撒下一些。凡是尚未挑担挣钱的孩子，就一人一把竹笆，到处去搂。因此，这些顽童得到一个稍带侮辱性的称呼，叫做"笆草鬼子"。有时懒得费事，就从乡下人的草担上猛力拽出一把，拔腿就溜。等乡下人撂下担子叫骂时，他们早就没影儿了。锅腔子无处出烟，烟子就横溢出来，飘到大淖水面上，平铺开来，停留不散。这些人家无隔宿之粮，都是当天买，当天吃。吃的都是脱壳的糙米。一到饭时，就看见这些茅草房子的门口蹲着一些男子汉，捧着一个蓝花大海碗，碗里是骨堆堆的一碗紫红紫红的米饭，一边堆着青菜小鱼、臭豆腐、腌辣椒，大口大口地在吞食。他们吃饭不怎么嚼，只在嘴里打一个滚，咕咚一声就咽下去了。看他们吃得那样香，你会觉得世界上再没有比这个饭更好吃的饭了。

　　他们也有年，也有节。逢年过节，除了换一件干净衣裳，吃得好一些，就是聚在一起赌钱。赌具，也是钱。打钱，滚钱。打钱：各人拿出一二十铜元，叠成很高的一摞。参与者远远地用一个钱向这摞铜钱砸去，砸倒多少取多少。滚钱又叫"滚五七寸"。在一片空场上，各人放一摞钱；一块整砖支起一个斜坡，用一个铜元由砖面落下，向钱注密处滚去，钱停住后，用事前备好的两根草棍量一量，如距钱注五寸，滚钱者即可吃掉这一注；距离七寸，反赔出与此注相同之数。这种古老的博法使挑夫们得到极大的快乐。旁观的闲人也不时大声喝彩，为他们助兴。

　　这里的姑娘媳妇也都能挑。她们挑得不比男人少，走得不比男人慢。挑鲜货是她们的专业。大概是觉得这种水淋淋的东西对女人更相宜，男人们是不屑于去挑的。这些"女将"都生得颀长俊俏，浓黑的头发上涂了很多梳头油，梳得油光水滑（照当地说法是：苍蝇站上去都会闪了腿）。脑后的发髻都极大。发髻的大红头绳的发根长到二寸，老远就看到通红的一截。她们的发髻的一侧总要插一点什么东西。清明插一个柳球（杨柳的嫩枝，一头拿牙咬着，把柳枝的外皮连同鹅黄的柳叶使劲往下一抹，成一个小小球形），端午插一丛艾叶，有鲜花时插一朵栀子,一朵夹竹桃,无鲜花时插一朵大红剪绒花。因为常年挑担,衣服的肩膀处易破,她们的托肩多半是换过的。旧衣服,新托肩,颜色不一样,这几乎成了大淖妇女的特有的服饰。一二十个姑娘媳妇,挑着一担担紫红的荸荠、碧绿的菱角、雪白的连枝藕,走成一长串,风摆柳似的嚓嚓地走过,好看得很!

她们像男人一样的挣钱,走相、坐相也像男人。走起来一阵风,坐下来两条腿叉得很开。她们像男人一样赤脚穿草鞋(脚指甲却用凤仙花染红)。她们嘴里不忌生冷,男人怎么说话她们怎么说话,她们也用男人骂人的话骂人。打起号子来也是"好大娘个歪歪子咧!"——"歪歪子咧……"

没出门子的姑娘还文雅一点,一做了媳妇就简直是"姜太公在此百无禁忌",要多野有多野。有一个老光棍黄海龙,年轻时也是挑夫,后来腿脚有了点毛病,就在码头上看看稻船,收收筹子。这老头儿老没正经,一把胡子了,还喜欢在媳妇们的胸前屁股上摸一把,拧一下。按辈份,他应当被这些媳妇称呼一声叔公，可是谁都管他叫"老骚胡子"。有一天，他又动手动脚的，几个媳妇一咬耳朵，一二三，一齐上手，眨眼之间叔公的裤子就挂在大树顶上了。有一回，叔公听见卖饺面的挑着担子，敲着竹梆走来，他又来劲了："你们敢不敢到淖里洗个澡？——敢，我一个人输你们两碗饺面！"——"真的？"——"真的！"——"好！"几个媳妇脱了衣服跳到淖里扑通扑通洗了一会。爬上岸就大声喊叫：

"下面！"

这里人家的婚嫁极少明媒正娶，花轿吹鼓手是挣不着他们的钱的。媳妇，多是自己跑来的；姑娘，一般是自己找人。她们在男女关系上是比较随便的，姑娘在家生私孩子；一个媳妇，在丈夫之外，再"靠"一个，不是稀奇事。这里的女人和男人好，还是恼，只有一个标准：情愿。有的姑娘，媳妇相与了一个男人，自然也跟他要钱买花戴，但是有的不但不要他们的钱，反而把钱给他花，叫做"倒贴"。

因此,街里的人说这里"风气不好"。

到底是哪里的风气更好一些呢?难说。

四

大淖东头有一户人家。这一家只有两口人,父亲和女儿。父亲名叫黄海蛟,是黄海龙的堂弟(挑夫里姓黄的多)。原来是挑夫里的一把好手。他专能上高跳。这地方大粮行的"窝积"(长条芦席围成的粮囤),高到三四丈,只支一只单跳,很陡。上高跳要提着气一口气窜上去,中途不能停留。遇到上了一点岁数的或者"女将",抬头看看高跳,有点含胡,他就走过去接过一百五十斤的担子,一支箭似的上到跳顶,两手一提,把两箩稻子倒在"窝积"里,随即三五步就下到平地。因为为人忠诚老实,二十五岁了,还没有成亲。那年在车逻挑粮食,遇到一个姑娘向他问路。这姑娘留着长长的刘海,梳了一个"苏州俏"的发髻,还抹了一点胭脂，眼色张皇，神情焦急，她问路，可是连一个准地名都说不清，一看就知道是大户人家逃出来的使女。黄海蛟和她攀谈了一会，这姑娘就表示愿意跟着他过。她叫莲子。——这地方丫头、使女多叫莲子。

莲子和黄海蛟过了一年，给他生了个女儿。七月生的，生下的时候满天都是五色云彩，就取名叫做巧云。

莲子的手很巧、也勤快，只是爱穿件华丝葛的裤子，爱吃点瓜子零食，还爱唱"打牙牌"之类的小调："凉月子一出照楼梢，打个呵欠伸懒腰，瞌睡子又上来了。哎哟，哎哟，瞌睡子又上来了……"这和大淖的乡风不大一样。

巧云三岁那年，她的妈莲子，终于和一个过路戏班子的一个唱小生的跑了。那天，黄海蛟正在马棚湾。莲子把黄海蛟的衣裳都浆洗了一遍，巧云的小衣裳也收拾在一起，焖了一锅饭，还给老黄打了半斤酒，把孩子托给邻居，说是她出门有点事，锁了门，从此就不知去向了。

巧云的妈跑了，黄海蛟倒没有怎么伤心难过。这种事情在大淖这个地方也值不得大惊小怪。养熟的鸟还有飞走的时候呢，何况是一个人！只是她留下的这块肉，黄海蛟实在是疼得不行。他不愿巧云在后娘的眼皮底下委委屈屈地生活，因此发心不再续娶。他就又当爹又当妈，和女儿巧云在一起过了十几年。他不愿巧云去挑扁担，巧云从十四岁就学会结鱼网和打芦席。

巧云十五岁，长成了一朵花。身材、脸盘都像妈。瓜子脸，一边有个很深的酒窝。眉毛黑如鸦翅，长入鬓角。眼角有点吊，是一双凤眼。睫毛很长，因此显得眼睛经常是眯睎着；忽然回头，睁得大大的，带点吃惊而专注的神情，好像听到远处有人叫她似的。她在门外的两棵树杈之间结网，在淖边平地上织席，就有一些少年人装着有事的样子来来去去。她上街买东西，甭管是买肉、买菜，打油、打酒，撕布、量头绳，买梳头油、雪花膏，买石碱、浆块，同样的钱，她买回来，分量都比别人多，东西都比别人的好。这个奥秘早被大娘，大婶们发现,她们都托她买东西。只要巧云一上街,都挎了好几个竹篮,回来时压得两个胳臂酸疼酸疼。泰山庙唱戏,人家都自己扛了板凳去。巧云散着手就去了。一去了,总有人给她找一个得看的好座。台上的戏唱得正热闹,但是没有多少人叫好。因为好些人不是在看戏,是看她。

巧云十六了,该张罗着自己的事了。谁家会把这朵花迎走呢?炕房的老大?浆坊的老二?鲜货行的老三?他们都有这意思。这点意思黄海蛟知道了,巧云也知道。不然他们老到淖东头来回晃摇是干什么呢?但是巧云没怎么往心里去。

巧云十七岁,命运发生了一个急转直下的变化。她的父亲黄海蛟在一次挑重担上高跳时,一脚踏空,从三丈高的跳板上摔下来,摔断了腰。起初以为不要紧,养养就好了。不想喝了好多药酒,贴了好多膏药,还不见效。她爹半瘫了,他的腰再也直不起来了。他有时下床,扶着一个剃头担子上用的高板凳,格登格登地走一截,平常就只好半躺下靠在一摞被窝上。他不能用自己的肩膀为女儿挣几件新衣裳，买两枝花，却只能由女儿用一双手养活自己了。还不到五十岁的男子汉，只能做一点老太婆做的事：绩了一捆又一捆的供女儿结网用的麻线。事情很清楚：巧云不会撇下她这个老实可怜的残废爹。谁要愿意，只能上这家来当一个倒插门的养老女婿。谁愿意呢？这家的全部家产只有三间草屋（巧云和爹各住一间，当中是一个小小的堂屋）。老大、老二、老三时不时走来走去，拿眼睛瞟着隔着一层鱼网或者坐在雪白的芦席上的一个苗条的身子。他们的眼睛依然不缺乏爱慕，但是减少了几分急切。

老锡匠告诫十一子不要老往淖东头跑，但是小锡匠还短不了要来。大娘、大婶、姑娘、媳妇有旧壶翻新，总喜欢叫小锡匠来；从大淖过深巷上大街也要经过这里，巧云家门前的柳荫是一个等待雇主的好地方。巧云织席，十一子化锡，正好做伴。有时巧云停下活计，帮小锡匠拉风箱。有时巧云要回家看看她的残废爹，问他想不想吃烟喝水，小锡匠就压住炉里的火，帮她织一气席。巧云的手指划破了（织席很容易划破手，压扁的芦苇薄片，刀一样的锋快），十一子就帮她吮吸指头肚子上的血。巧云从十一子口里知道他家里的事：他是个独子，没有兄弟姐妹。他有一个老娘，守寡多年了。他娘在家给人家做针线，眼睛越来越不好，他很担心她有一天会瞎……

好心的大人路过时会想：这倒真是两只鸳鸯，可是配不成对。一家要招一个养老女婿，一家要接一个当家媳妇，弄不到一起。他们俩呢，只是很愿意在一处谈谈坐坐。都到岁数了，心里不是没有。只是像一片薄薄的云，飘过来，飘过去，下不成雨。

有一天晚上，好月亮，巧云到淖边一只空船上去洗衣裳（这里的船泊定后，把桨拖到岸上，寄放在熟人家，船就拴在那里，无人看管，谁都可以上去）她正在船头把身子往前倾着，用力涮着一件大衣裳，一个不知轻重的顽皮野孩子轻轻走到她身后，伸出两手咯吱她的腰。她冷不防，一头栽进了水里。她本会一点水，但是一下子懵了。这几天水又大，流很急。她挣扎了两下，喊救人，接连喝了几口水。她被水冲走了！正赶上十一子在炕房门外土坪上打拳，看见一个人冲了过来，头发在水上漂着。他褪下鞋子，一猛子扎到水底，从水里把她托了起来。

十一子把她肚子里的水控了出来，巧云还是昏迷不醒。十一子只好把她横抱着，像抱一个婴儿似的，把她送回去。她浑身是湿的，软绵绵，热乎乎的。十一子觉得巧云紧紧挨着他，越挨越紧。十一子的心怦怦地跳。

到了家，巧云醒来了。（她早就醒来了！）十一子把她放在床上。巧云换了湿衣裳（月光照出她的美丽的少女的身体）。十一子抓一把草，给她熬了半锦子姜糖水，让她喝下去，就走了。

巧云起来关了门，躺下。她好像看见自己躺在床上的样子。月亮真好。

巧云在心里说："你是个呆子！"

她说出声来了。

不大一会，她也就睡死了。

就在这一天夜里,另外一个人,拨开了巧云家的门。

五

由轮船公司对面的巷子转东大街,往西不远,有一个道士观,叫做炼阳观。现在没有道士了,里面住了不到一营水上保安队。这水上保安队是地方武装。他们名义上归县政府管辖,饷银却由县商会开销,水上保安队的任务是下乡剿土匪。这一带土匪很多,他们抢了人,绑了票,大都藏匿在芦荡湖泊中的船上(这地方到处是水),如遇追捕,便于脱逃。因此,地方绅商觉得很需要成立一个特殊的武装力量来对付这些成帮结伙的土匪。水上保安队装备是很好的。他们乘的船是"铁板划子"——船的三面都有半人高、三四分厚的铁板,子弹是打不透的。铁板划子就停在大淖岸边,样子很高傲。一有任务,就看见大兵们扛着两挺水机关,用箩筐抬着多半筐子弹（子弹不用箱装，却使箩抬，颇奇怪），上了船，开走了。

或七八天，或十天半月，他们得胜回来了（他们有铁板划子，又有水机关，对土匪有压倒优势，很少有伤亡）。铁板划子靠了岸，上岸列队，由深巷，上大街，直奔县政府。这队伍是四列纵队。前面是号队。这不到一营的人，却有十二支号。一上大街，就"打打打滴打大打滴大打"，齐齐整整地吹起来。后面是全队弟兄，一律荷枪实弹。号队之后，大队之前的正中，是捉来的土匪。有时三个五个，有时只有一个，都是五花大绑。这队伍是很神气的。最妙的是被绑着的土匪也一律都合着号音，步伐整齐，雄赳赳气昂昂地走着。甚至值日官喊"一、二、三、四"，他们也随着大声地喊。大队上街之前，要由地保事先通知沿街店铺，凡有鸟笼的（有的店铺是养八哥、画眉的），都要收起来，因为土匪大哥看见不高兴，这是他们忌讳的（他们到了县政府，都下在大狱里，看见笼中鸟，就无出狱希望了）。看看这样的铜号放光，刺刀雪亮，还夹着几个带有传奇色彩的土匪英雄的威武雄壮的队伍，是这条街上的民众的一件快乐事情。其快乐程度不下于看狮子、龙灯、高跷、抬阁、和僧道齐全、六十四杠的大出丧。

除了下乡办差，保安队的弟兄们没有什么事。他们除了把两挺水机关扛到大淖边突突地打两梭（把淖岸上的泥土打得簌簌地往下掉），平常是难得出操、打野外的。使人们感觉到这营把人的存在的，是这十二个号兵早晚练号。早晨八九点钟，下午四五点钟，他们就到大淖边来了。先是拔长音，然后各自吹几段，最后是合吹进行曲、三环号，（他们吹三环号只是吹着玩，因为从来没有接受检阅的时候）。吹完号，就解散，想干什么干什么。有的，就轻手轻脚，走进一家的门外，咳嗽一声，随着，走了进去，门就关起来了。

这些号兵大都衣着整齐，干净爱俏。他们除了吹吹号，整天无事干，有的是闲空。他们的钱来得容易，——饷钱倒不多，但每次下乡，总有犒赏；有时与土匪遭遇，双方谈条件，也常从对方手中得到一笔钱。手面很大方，花钱不在乎。他们是保护地方绅商的军人，身后有靠山，即或出一点什么事，谁也无奈他何。因此，这些大爷就觉得不风流风流，实在对不起自己，也辜负了别人。

十二个号兵，有一个号长，姓刘，大家都叫他刘号长。这刘号长前后跟大淖几家的媳妇都很熟。

拨开巧云家的门的，就是这个号长！

号长走的时候留下十块钱。

这种事在大淖不是第一次发生。巧云的残废爹当时就知道了。他拿着这十块钱，只是长长地叹了一口气。邻居们知道了，姑娘、媳妇并未多议论，只骂了一句："这个该死的！"

巧云破了身子，她没有淌眼泪，更没有想到跳到淖里淹死。人生在世，总有这么一遭！只是为什么是这个人？真不该是这个人！怎么办？拿把菜刀杀了他？放火烧了炼阳观？不行！她还有个残废爹。她怔怔地坐在床上，心里乱糟糟的。她想起该起来烧早饭了。她还得结网，织席，还得上街。她想起小时候上人家看新娘子，新娘子穿了一双粉红的缎子花鞋。她想起她的远在天边的妈。她记不得妈的样子，只记得妈用一个筷子头蘸了胭脂给她点了一点眉心红。她拿起镜子照照，她好像第一次看清楚自己的模样。她想起十一子给她吮手指上的血，这血一定是咸的。她觉得对不起十一子，好像自己做错了什么事。她非常失悔：没有把自己给了十一子！

她的这个念头越来越强烈。这个号长来一次，她的念头就更强烈一分。

水上保安队又下乡了。

一天，巧云找到十一子，说："晚上你到大淖东边来，我有话跟你说。"

十一子到了淖边。巧云踏在一只"鸭撇子"上（放鸭子用的小船，极小，仅容一人。这是一只公船，平常就拴在淖边。大淖人谁都可以撑着它到沙洲上挑蒌蒿，割茅草，拣野鸭蛋），把篙子一点，撑向淖中央的沙洲，对十一子说："你来！"

过了一会，十一子泅水到了沙洲上。

他们在沙洲的茅草丛里一直呆到月到中天。

月亮真好啊！

六

十一子和巧云的事,师兄们都知道,只瞒着老锡匠一个人。他们偷偷地给他留着门,在门窝子里倒了水(这样推门进来没有声音)。十一子常常到天快亮的时候才回来。有一天,又是这时候才推开门。刚刚要钻被窝,听见老锡匠说:

"你不要命啦!"

这种事情怎么瞒得住人呢?终于,传到刘号长的耳朵里。其实没有人跟他嚼舌头,刘号长自己还不知道?巧云看见他都讨厌,她的全身都是冷淡的。刘号长咽不下这口气。本来,他跟巧云又没有拜过堂,完过花烛,闲花野草,断了就断了。可是一个小锡匠,夺走了他的人,这丢了当兵的脸。太岁头上动土,这还行!这种事从来没有发生过。连保安队的弟兄也都觉得面上无光,在人前矬了一截。他是只许自己在别人头上拉屎撒尿,不许别人在他脸上溅一星唾沫的。若是闭着眼过去，往后，保安队的人还混不混了？

有一天，天还没亮，刘号长带了几个弟兄，踢开巧云家的门，从被窝里拉起了小锡匠，把他捆了起来。把黄海蛟、巧云的手脚也都捆了，怕他们去叫人。

他们把小锡匠弄到泰山庙后面的坟地里，一人一根棍子，搂头盖脸地打他。

他们要小锡匠卷铺盖走人，回他的兴化，不许再留在大淖。

小锡匠不说话。

他们要小锡匠答应不再走进黄家的门，不挨巧云的身子。

小锡匠还是不说话。

他们要小锡匠告一声饶，认一个错。

小锡匠的牙咬得紧紧的。

小锡匠的硬铮把这些向来是横着膀子走路的家伙惹怒了，"你这样硬！打不死你！"——"打"，七八根棍子风一样、雨一样打在小锡匠的身上。

小锡匠被他们打死了。

锡匠们听说十一子被保安队的人绑走了,他们四处找,找到了泰山庙。

老锡匠用手一探,十一子还有一丝悠悠气。老锡匠叫人赶紧去找陈年的尿桶。他经验过这种事,打死的人,只有喝了从桶里刮出来的尿碱,才有救。

十一子的牙关咬得很紧,灌不进去。

巧云捧了一碗尿碱汤,在十一子的耳边说:"十一子,十一子,你喝了!"

十一子微微听见一点声音,他睁了睁眼。巧云把一碗尿碱汤灌进了十一子的喉咙。

不知道为什么,她自己也尝了一口。

锡匠们摘了一块门板,把十一子放在门板上,往家里抬。

他们抬着十一子,到了大淖东头,还要往西走。巧云拦住了:

"不要。抬到我家里。"

老锡匠点点头。

巧云把屋里存着的鱼网和芦席都拿到街上卖了，买了七厘散，医治十一子身子里的瘀血。

东头的几家大娘、大婶杀了下蛋的老母鸡，给巧云送来了。

锡匠们凑了钱，买了人参，熬了参汤。

挑夫，锡匠，姑娘，媳妇，川流不息地来看望十一子。他们把平时在辛苦而单调的生活中不常表现的热情和好心都拿出来了。他们觉得十一子和巧云做的事都很应该，很对。大淖出了这样一对年轻人，使他们觉得骄傲。大家的心喜洋洋，热乎乎的，好像在过年。

刘号长打了人，不敢再露面。他那几个弟兄也都躲在保安队的队部里不出来。保安队的门口加了双岗。这些好汉原来都是一窝"草鸡"！

锡匠们开了会。他们向县政府递了呈子，要求保安队把姓刘的交出来。

县政府没有答复。

锡匠们上街游行。这个游行队伍是很多人从未见过的。没有旗子，没有标语，就是二十来个锡匠挑着二十来副锡匠担子,在全城的大街上慢慢地走。这是个沉默的队伍,但是非常严肃。他们表现出不可侵犯的威严和不可动摇的决心。这个带有中世纪行帮色彩的游行队伍十分动人。

游行继续了三天。

第三天,他们举行了"顶香请愿"。二十来个锡匠,在县政府照壁前坐着,每人头上用木盘顶着一炉炽旺的香。这是一个古老的风俗:民有沉冤,官不受理,被逼急了的百姓可以用香火把县大堂烧了,据说这不算犯法。

这条规矩记载于《六法全书》,现在不是大清国,县政府可以不理会这种"陋习"。但是这些锡匠是横了心的,他们当真干起来,后果是严重的。县长邀请县里的绅商商议,一致认为这件事不能再不管。于是由商会会长出面,约请了有关的人:一个承审——作为县长代表,保安队的副官,老锡匠和另外两个年长的锡匠,还有代表挑夫的黄海龙,四邻见证,——卖眼镜的宝应人,卖天竺筷的杭州人,在一家大茶馆里举行会谈,来"了"这件事。

会谈的结果是：小锡匠养伤的药钱由保安队负担（实际是商会拿钱），刘号长驱逐出境。由刘号长画押具结。老锡匠觉得这样就给锡匠和挑夫都挣了面子，可以见好就收了。只是要求在刘某人的具结上写上一条：如果他再踏进县城一步，任凭老锡匠一个人把他收拾了！

过了两天，刘号长就由两个弟兄持枪护送，悄悄地走了。他被调到三垛去当了税警。

十一子能进一点饮食，能说话了。巧云问他：

"他们打你，你只要说不再进我家的门，就不打你了，你就不会吃这样大的苦了。你为什么不说？"

"你要我说么？"

"不要。"

"我知道你不要。"

"你值么？"

"我值。"

"十一子，你真好！我喜欢你！你快点好。"

"你亲我一下，我就好得快。"

大淖记事　175

"好，亲你！"

巧云一家有了三张嘴。两个男的不能挣钱，但要吃饭。大淖东头的人家都没有积蓄，也没有什么东西可以变卖典押。结鱼网，打芦席，都不能当时见钱。十一子的伤一时半会不会好，日子长了，怎么过呢？巧云没有经过太多考虑，把爹用过的筹筐找出来，磕磕尘土，就去挑担挣"活钱"去了。姑娘媳妇都很佩服她。起初她们怕她挑不惯，后来看她脚下很快，很匀，也就放心了。从此，巧云就和邻居的姑娘媳妇在一起，挑着紫红的荸荠、碧绿的菱角、雪白的连枝藕，风摆柳似地穿街过市，发髻的一侧插着大红花。她的眼睛还是那么亮，长睫毛忽扇忽扇的。但是眼神显得更深沉，更坚定了。她从一个姑娘变成了一个很能干的小媳妇。

十一子的伤会好么？

会。

当然会！

一九八一年二月四日，旧历大年三十

天鹅之死

"阿姨,都白天了,怎么还有月亮呀?"

"阿姨,月亮是白色的,跟云的颜色一样。"

"阿姨,天真蓝呀。"

"蓝色的天,白色的月亮,月亮里有蓝色的云,真好看呀!"

"真好看!"

"阿姨,树叶都落光了。树是紫色的。树干是紫色的。树枝也是紫色的。树上的风也是紫色的。真好看!"

"真好看!"

"阿姨,你好看!"

"我从前好看。"

"不!你现在也好看。你的眼睛好看。你的脖子，你的肩，你的腰，你的手，都好看。你的腿好看。你的腿多长呀。阿姨，我们爱你！"

"小朋友，我也爱你们！"

"阿姨，你的腿这两天疼了吗？"

"没有。要上坡了，小朋友，小心！"

"哦！看见玉渊潭了！"

"玉渊潭的水真清呀！"

"阿姨，那是什么？雪白雪白的，像花一样的发亮，一，二，三，四。"

白蕤从心里发出一声惊呼：

"是天鹅！"

"是天鹅？"

"冬泳的叔叔，那是天鹅吗？"

"是的，小朋友。"

"它们是怎么来的？"

"它们是自己飞来的。"

"它们从哪儿飞来？"

"从很远很远的北方。"

"是吗？——欢迎你，白天鹅！"

"欢迎你到我们这儿来作客!"

天鹅在天上飞翔,
去寻找温暖的地方。
飞过了大兴安岭,
雪压的落叶松的密林里,闪动着鄂温克族狩猎队篝火的红光。
白蕤去看乌兰诺娃,去看天鹅。
大提琴的柔风托起了乌兰诺娃的双臂,钢琴的露珠从她的指尖流出。
她的柔弱的双臂伏下了。又轻轻地挣扎着,抬起了脖颈。
钢琴流尽了最后的露滴,再也没有声音了。
天鹅死了。
白蕤像是在一个梦里。
她的眼睛里都是泪水。
她的眼泪流进了她的梦。

天鹅在天上飞翔,

去寻找温暖的地方。

飞过了呼伦贝尔草原，

草原一片白茫茫。

圈儿河依恋着家乡，

它流去又回头。

在雪白的草原上，

画出了一个又一个铁青色的圆圈。

　　白蕤考进了芭蕾舞校。经过刻苦地训练，她的全身都变成了音乐。

　　她跳《天鹅之死》。

　　大提琴和钢琴的旋律吹动着她的肢体，她的手指和足尖都在想象。

天鹅在天上飞翔，

去寻找温暖的地方。

　　某某去看了芭蕾。

　　他用猥亵的声音说：

"这他妈的小妞儿!那胸脯,那小腰,那么好看的大腿!……"

他满嘴喷着酒气。

他做了一个淫荡的梦。

天鹅在天上飞翔,

去寻找温暖的地方。

"文化大革命"。中国的森林起了火了。

白蕤被打成了现行反革命。因为她说:

"《天鹅之死》就是美!乌兰诺娃就是美!"

天鹅在天上飞翔,

某某成了"工宣队员"。他每天晚上都想出一种折磨演员的花样。

他叫她们背着床板在大街上跑步。

他叫她们做折损骨骼的苦工。

他命令白蕤跳《天鹅之死》。

"你不是说《天鹅之死》就是美吗?你给我跳,

跳一夜!"

录音机放出了音乐。音乐使她忘记了眼前的一切。她快乐。

她跳《天鹅之死》。

她看看某某,发现他的下牙突出在上牙之外。北京人管这种长相叫"地包天"。

她跳《天鹅之死》。

她羞耻。

她跳《天鹅之死》。

她愤怒。

她跳《天鹅之死》。

她摔倒了。

她跳《天鹅之死》。

天鹅在天上飞翔,

去寻找温暖的地方。

飞过太阳岛,

飞过松花江。

飞过华北平原,

越冬的麦粒在松软的泥土里睡得正香。

经过长途飞行,天鹅的体重减轻了,但是翅膀上增添了力量。

天鹅在天上飞翔,

在天上飞翔,

玉渊潭在月光下发亮。

"这儿真好呀!这儿的水不冻,这儿暖和,咱们就在这儿过冬,好吗?"

四只天鹅翩然落在玉渊潭上。

白蕤转业了。她当了保育员。她还是那样美,只是因为左腿曾经骨折,每到阴天下雨,就隐隐发痛。

自从玉渊潭来了天鹅,她隔两三天就带着孩子们去看一次。

孩子们对天鹅说:

"天鹅天鹅你真美!"

"天鹅天鹅我爱你!"

"天鹅天鹅真好看!"

"我们和你来做伴!"

甲、乙两青年,带了一支猎枪,偷偷走近玉渊潭。

天已经黑了。

一声枪响,一只天鹅毙命。其余的三只,惊恐万状,一夜哀鸣。

被打死的天鹅的伴侣第二天一天不鸣不食。

傍晚七点钟时还看见它。

半夜里,它飞走了。

白蕤看着报纸,她的眼前浮现出一张"地包天"的脸。

"阿姨,咱们去看天鹅。"

"今天不去了,今天风大,要感冒的。"

"不嘛!去!"

天鹅还在吗?

在!

在那儿,在靠近南岸的水面上。

"天鹅天鹅你害怕吗?"

"天鹅天鹅你别怕!"

湖岸上有好多人来看天鹅。

他们在议论。

"这个家伙,这么好看的东西,你打它干什么?"

"想吃天鹅肉。"

"想吃天鹅肉。"

"都是这场'文化大革命'闹的!把一些人变坏了,变得心狠了!不知爱惜美好的东西了!"

有人说,那一只也活不成。天鹅是非常恩爱的。死了一只,那一只就寻找一片结实的冰面,从高高的空中摔下来,把自己的胸脯在坚冰上撞碎。

孩子们听着大人的议论,他们好像是懂了,又像是没有懂。他们对着湖面呼喊:

"天鹅天鹅你在哪儿?"

"天鹅天鹅你快回来!"

孩子们的眼睛里有泪。

他们的眼睛发光,像钻石。

他们的眼泪飞到天上,变成了天上的星。

    一九八〇年十二月二十九日清晨

   一九八七年六月七日校,泪不能禁

七里茶坊

我在七里茶坊住过几天。

我很喜欢七里茶坊这个地名。这地方在张家口东南七里。当初想必是有一些茶坊的。中国的许多计里的地名,大都是行路人给取的。如三里河、二里沟、三十里铺。七里茶坊大概也是这样。远来的行人到了这里,说:"快到了,还有七里,到茶坊里喝一口再走。"送客上路的,到了这里,客人就说:"已经送出七里了,请回吧!"主客到茶坊又喝了一壶茶,说了些话,出门一揖,就此分别了。七里茶坊一定萦系过很多人的感情。不过现在却并无一家茶坊。我去找了找,连遗址也无人知道。"茶坊"是古语,在《清明上河图》、《东京梦华录》、《水浒传》里还能见到。现在一般都叫"茶馆"了。可见,这地名的由来已久。

这是一个中国北方的普通的市镇。有一个供销社,货架上空空的,只有几包火柴,一堆柿饼。两只乌金釉的酒坛子擦得很亮,放在旁边的酒提子却是干的。柜台上放着一盆麦麸子做的大酱。有一个理发店,两张椅子,没有理发的,理发员坐着打瞌睡。一个邮局。一个新华书店,只有几套毛选和一些小册子。路口矗着一面黑板,写着鼓动冬季积肥的快板,文后署名"文化馆宣",说明这里还有个文化馆。快板里写道:"天寒地冻百不咋,心里装着全天下。"轰轰烈烈的大跃进已经过去,这种豪言壮语已经失去热力。前两天下过一场小雨,雨点在黑板上抽打出一条一条斜道。路很宽,是土路。两旁的住户人家,也都是土墙土顶(这地方风雪大,房顶多是平的)。连路边的树也都带着黄土的颜色。这个长城以外的土色的冬天的市镇,使人产生悲凉的感觉。

除了店铺人家,这里有几家车马大店。我就住在一家车马大店里。

我头一回住这种车马大店。这种店是一看就看出来的，街门都特别宽大，成天敞开着，为的好进出车马。进门是一个很宽大的空院子。院里停着几辆大车，车辕向上，斜立着，像几尊高射炮。靠院墙是一个长长的马槽，几匹马面墙拴在槽头吃料，不停地甩着尾巴。院里照例喂着十多只鸡。因为地上有撒落的黑豆、高粱，草里有稗子，这些母鸡都长得极肥大。有两间房，是住人的。都是大炕。想住单间，可没有。谁又会上车马大店里来住一个单间呢？"碗大炕热"，就成了这类大店招徕顾客的口碑。

我是怎么住到这种大店里来的呢？

我在一个农业科学研究所下放劳动，已经两年了。有一天生产队长找我，说要派几个人到张家口去掏公共厕所，叫我领着他们去。为什么找到我头上呢？说是以前去了两拨人，都闹了意见回来了。我是个下放干部，在工人中还有一点威信，可以管得住他们，云云。究竟为什么，我一直也不太明白。但是我欣然接受了这个任务。

我打好行李，挎包里除了洗漱用具，带了一枝大号的3B烟斗，一袋掺了一半榆树叶的烟草，两本四部丛刊本《分类集注杜工部集》，坐上单套马车，就出发了。

我带去的三个人，一个老刘、一个小王，还有一个老乔，连我四个。

我拿了介绍信去找市公共卫生局的一位"负责同志"。他住在一个粪场子里。一进门，就闻到一股奇特的酸味。我交了介绍信，这位同志问我：

"你带来的人，咋样？"

"咋样？"

"他们，啊，啊，啊……"

他"啊"了半天，还是找不到合适的词句。这位负责同志大概不大认识字。他的意思我其实很明白，他是问他们政治上可靠不可靠。他怕万一我带来的人会在公共厕所的粪池子里放一颗定时炸弹。虽然他也知道这种可能性极小，但还是问一问好。可是他词不达意，说不出这种报纸语言。最后还是用一句不很切题的老百姓话说：

"他们的人性咋样?"

"人性挺好!"

"那好。"

他很放心了,把介绍信夹到一个卷宗里,给我指定了桥东区的几个公厕。事情办完,他送我出"办公室",顺便带我参观了一下这座粪场。一边堆着好几垛晒好的粪干,平地上还晒着许多薄饼一样的粪片。

"这都是好粪,不掺假。"

"粪还掺假?"

"掺!"

"掺什么?土?"

"哪能掺土!"

"掺什么?"

"酱渣子。"

"酱渣子?"

"酱渣子,味道、颜色跟大粪一个样,也是酸的。"

"粪是酸的?"

"发了酵。"

我于是猛吸了一口气，品味着货真价实，毫不掺假的粪干的独特的，不能代替的，余韵悠长的酸味。

据老乔告诉我，这位负责同志原来包掏公私粪便，手下用了很多人，是一个小财主。后来成了卫生局的工作人员，成了"公家人"，管理公厕。他现在经营的两个粪场，还是很来钱。这人紫棠脸，阔嘴岔，方下巴，眼睛很亮，虽然没有文化，但是看起来很精干。他虽不大长于说"字儿话"，但是当初在指挥粪工、洽谈生意时，所用语言一定是很清楚畅达，很有力量的。

掏公共厕所，实际上不是掏，而是凿。天这么冷，粪池里的粪都冻得实实的，得用冰镩凿开，破成一二尺见方大小不等的冰块，用铁锹起出来，装在单套车上，运到七里茶坊，堆积在街外的空场上。池底总有些没有冻实的稀粪，就刮出来，倒在事先铺好的干土里，像和泥似的和好。一夜功夫，就冻实了。第二天，运走。隔三四天，所里车得空,就派一辆三套大车把积存的粪冰运回所里。

看车把式装车,真有个看头。那么沉的、滑滑溜溜的冰块,照样装得整整齐齐,严严实实,拿绊绳一煞,纹丝不动。走个百八十里,不兴掉下一块。这才真叫"把式"!

"叭——"的一鞭,三套大车走了。我心里是高兴的。我们给所里做了一点事了。我不说我思想改造得如何好,对粪便产生了多深的感情,但是我知道这东西很贵。我并没有做多少,只是在地面上挖一点干土,和粪。为了照顾我,不让我下池子凿冰。老乔呢,说好了他是来玩的,只是招招架架,跑跑颠颠。活,主要是老刘和小王干的。老刘是个使冰镩的行家,小王有的是力气。

这活脏一点,倒不累,还挺自由。

我们住在骡马大店的东房,——正房是掌柜的一家人自己住的。南北相对,各有一铺能睡七八个人的炕,——挤一点,十个人也睡下了。快到春节了,没有别的客人,我们四个人占据了靠北的一张炕,很宽绰。老乔岁数大,睡炕头。小王火力壮,把门靠边。我和老刘睡当间。我那位置很好，靠近电灯，可以看书。两铺炕中间，是一口锅灶。

天一亮，年轻的掌柜的就推门进来，点火添水，为我们作饭，——推莜面窝窝。我们带来一口袋莜面，顿顿饭吃莜面，而且都是推窝窝。——莜面吃完了，三套大车会又给我们捎来的。小王跳到地下帮掌柜的拉风箱，我们仨就拥着被窝坐着，欣赏他的推窝窝手艺。——这么冷的天，一大清早就让他从内掌柜的热被窝里爬出来为我们作饭，我心里实在有些歉然。不大一会，莜面蒸上了，屋里弥漫着白蒙蒙的蒸汽，很暖和，叫人懒洋洋的。可是热腾腾的窝窝已经端到炕上了。刚出屉的莜面，真香！用蒸莜面的水，洗洗脸，我们就蘸着麦麸子做的大酱吃起来。没有油，没有醋，尤其是没有辣椒！可是你得相信我说的是真话：我一辈子很少吃过这么好吃的东西。那是什么时候呀？——一九六〇年！

我们出工比较晚。天太冷。而且得让过人家上厕所的高潮。八点多了，才赶着单套车到市里去，中午不回来。有时由我掏钱请客,去买一包"高价点心",找个背风的角落,蹲下来,各人抓了几块嚼一气。老乔、我、小王拿一副老掉了牙的扑克牌接龙、蹩七。老刘在呼呼的风声里居然能把脑袋缩在老羊皮袄里睡一觉,还挺香!下午接着干。四点钟装车,五点多就回到七里茶坊了。

一进门,掌柜的已经拉动风箱,往灶火里添着块煤,为我们作晚饭了。

吃了晚饭,各人干各人的事。老乔看他的《啼笑因缘》。他这本《啼笑因缘》是个古本了,封面封底都没有了,书角都打了卷,当中还有不少缺页。可是他还是戴着老花镜津津有味地看,而且老看不完。小王写信,或是躺着想心事。老刘盘着腿一声不响地坐着。他这样一声不响地坐着,能够坐半天。在所里,我就见过他到生产队请一天假,哪儿也不去,什么也不干,就是坐着。我发现不止一个人有这个习惯。一年到头的劳累,坐一天是很大的享受,也是他们迫切的需要。人,有时需要休息。他们不叫休息,就叫"坐一天"。他们去请假的理由，也是"我要坐一天"。中国的农民，对于生活的要求真是太小了。我，就靠在被窝上读杜诗。杜诗读完，就压在枕头底下。这铺炕，炕沿的缝隙跑烟，把我的《杜工部集》的一册的封面薰成了褐黄色，留下一个难忘的，美好的纪念。

有时，就有一句没一句，东拉西扯地瞎聊天。吃着柿饼子，喝着蒸锅水，抽着掺了榆树叶子的烟。这烟是农民用包袱包着私卖的，颜色是灰绿的，劲头很不足，抽烟的人叫它"半口烟"。榆树叶子点着了，发出一种焦糊的，然而分明地辨得出是榆树的气味。这种气味使我多少年后还难于忘却。

小王和老刘都是"合同工"，是所里和公社订了合同，招来的。他们都是柴沟堡的人。

老刘是个老长工，老光棍。他在张家口专区几个县都打过长工，年轻时年年到坝上割莜麦。因为打了多年长工，庄稼活他样样精通。他有过老婆，跑了，因为他养不活她。从此他就不再找女人，对女人很有成见，认为女人是个累赘。他就这样背着一卷行李，——一块毡子，一床"盖窝"（即被），一个方顶的枕头，到处漂流。看他捆行李的利索劲儿和背行李的姿势，就知道是一个常年出门在外的老长工。他真也是自由自在，也不置什么衣服，有两个钱全喝了。他不大爱说话，但有时也能说一气，在他高兴的时候，或者不高兴的时候。这二年他常发牢骚，原因之一，是喝不到酒。他老是说："这是咋搞的？咋搞的？"——"过去，七里茶坊，啥都有：驴肉、猪头肉、炖牛蹄子、茶鸡蛋……，卖一黑夜。酒！现在！咋搞的！咋搞的！"——"'楼上楼下，电灯电话'！做梦娶媳妇，净慕好事！多会儿？"他年轻时曾给八路军送过信，带过路。"俺们那阵，有什么好吃的，都给八路军留着！早知这样，哼！……"他说的话常常出了圈，老乔就喝住他："你瞎说点啥！没喝酒，你就醉了！你是想'进去'住几天是怎么的？嘴上没个把门的，亏你活了这么大！"

小王也有些不平之气。他是念过高小的。他给自己编了一口顺口溜："高小毕业生，白费六年工。

想去当教员,学生管我叫老兄。想去当会计,珠算又不通!"他现在一个月挣二十九块六毛四,要交社里一部分,刨去吃饭,所剩无几。他才二十五岁,对老刘那样的自由自在的生活并不羡慕。

老乔,所里多数人称之为乔师傅。这是个走南闯北,见多识广,老于世故的工人。他是怀来人。年轻时在天津学修理汽车。抗日战争时跑到大后方,在资源委员会的运输队当了司机,跑仰光、腊戍。抗战胜利后,他回张家口来开车,经常跑坝上各县。后来岁数大了,五十多了,血压高,不想再跑长途,他和农科所的所长是亲戚,所里新调来一辆拖拉机,他就来开拖拉机,顺便修修农业机械。他工资高,没负担。农科所附近一个小镇上有一家饭馆,他是常客。什么贵菜、新鲜菜,饭馆都给他留着。他血压高,还是爱喝酒。饭馆外面有一棵大槐树,夏天一地浓荫。他到休息日,喝了酒,就睡在树荫里。树荫在东,他睡在东面;树荫在西,他睡到西面,围着大树睡一圈!这是前二年的事了。现在,他也很少喝了。因为那个饭馆的酒提潮湿的时候很少了。他在昆明住过,我也在昆明呆过七八年,因此他老愿意找我聊天,抽着榆叶烟在一起怀旧。他是个技工,掏粪不是他的事,但是他自愿报了名。冬天,没什么事,他要来玩两天。来就来吧。

这天,我们收工特别早,下了大雪,好大的雪啊!

这样的天,凡是爱喝酒的都应该喝两盅,可是上哪儿找酒去呢?

吃了莜面,看了一会书,坐了一会,想了一会心事,照例聊天。

像往常一样,总是老乔开头。因为想喝酒,他就谈起云南的酒。市酒、玫瑰重升、开远的杂果酒、杨林肥酒……

"肥酒?酒还有肥瘦?"老刘问。

"蒸酒的时候,上面吊着一大块肥肉,肥油一滴一滴地滴在酒里。这酒是碧绿的。"

"像你们怀来的青梅煮酒?"

"不像。那是烧酒,不是甜酒。"

过了一会，又说："有点像……"

接着，又谈起昆明的吃食。这老乔的记性真好，他可以从华山南路、正义路、一直到金碧路，数出一家一家大小饭馆，又岔到护国路和甬道街，哪一家有什么名菜，说得非常详细。他说到金钱片腿、牛干巴、锅贴乌鱼、过桥米线……

"一碗鸡汤，上面一层油，看起来连热气都没有，可是超过一百度。一盘子鸡片、腰片、肉片，都是生的。往鸡汤里一推，就熟了。"

"那就能熟了？"

"熟了！"

他又谈起汽锅鸡。描写了汽锅是什么样子，锅里不放水，全凭蒸汽把鸡蒸熟了，这鸡怎么嫩，汤怎么鲜……

老刘很注意地听着，可是怎么也想象不出这汽锅是啥样子，这道菜是啥滋味。

后来他又谈到昆明的菌子：牛肝菌，青头菌、鸡㙡，把鸡㙡夸赞了又夸赞。

"鸡㙡？有咱这儿的口蘑好吃吗？"

"各是各的味儿。"

老乔刮话的时候,小王一直似听不听,躺着,张眼看着房顶。忽然,他问我:

"老汪,你一个月挣多少钱?"

我下放的时候,曾经有人劝告过我,最好不要告诉农民自己的工资数目,但是我跟小王认识不止一天了,我不想骗他,便老实说了。小王没有说话,还是张眼躺着。过了好一会,他看着房顶说:

"你也是一个人,我也是一个人,为什么你就挣那么多?"

他并没有要我回答,这问题也不好回答。

沉默了一会。

老刘说:"怨你爹没供你书。人家老汪是大学毕业!"

老乔是个人情练达的人,他捉摸出小王为什么这两天老是发呆,为什么会提出这样的问题,说:

"小王,你收到一封什么信,拿出来我看看!"

前天三套大车来拉粪冰的时候,给小王捎来一封寄到所里的信。

七里茶坊 201

事情原来是这样的：小王搞了一个对象。这对象搞得稍为有点离奇：小王有个表姐，嫁到邻村李家。李家有个姑娘，和小王年貌相当，也是高小毕业。这表姐就想给小姑子和表弟撮合撮合，写信来让小王寄张照片去。照片寄到了，李家姑娘看了，不满意。恰好李家姑娘的一个同学陈家姑娘来串门，她看了照片，对小王的表姐说："晓得人家要俺们不要？"表姐跟陈家姑娘要了一张照片，寄给小王，小王满意。后来表姐带了陈家姑娘到农科所来，两人当面相了一相，事情就算定了。农村的婚姻，往往就是这样简单，不像城里人有逛公园、轧马路、看电影、写情书这一套。

陈家姑娘的照片我们都见过，挺好看的，大眼睛，两条大辫子。

小王收到的信是表姐寄来的，催他办事。说人家姑娘一天一天大了，等不起。那意思是说，过了春节，再拖下去，恐怕就要吹。

小王发愁的是：春节他还办不成事！柴沟堡一带办喜事倒不尚铺张，但是一床里面三新的盖窝，一套花直贡呢的棉衣，一身灯芯绒裤袄、绒衣绒裤、皮鞋、球鞋、尼龙袜子……总是要有的。陈家姑娘没有额外提什么要求，只希望要一枝金星牌钢笔。这条件提得不俗，小王倒因此很喜欢。小王已经作了长期的储备，可是算来算去还差五六十块钱。

老乔看完信，说：

"就这个事吗？值得把你愁得直眉瞪眼的！叫老汪给你拿二十，我给你拿二十！"

老刘说："我给你拿上十块！现在就给！"说着从红布肚兜里就摸出一张十圆的新票子。

问题解决了，小王高兴了，活泼起来了。

于是接着瞎聊。

从云南的鸡㙡聊到内蒙的口蘑，说到口蘑，老刘可是个专家。黑片蘑、白蘑、鸡腿子、青腿子……

"过了正蓝旗，捡口蘑都是赶了个驴车去。一天能捡一车！"

不知怎么又说到独石口。老刘说他走过的地方没有比独石口再冷的了，那是个风窝。

"独石口我住过，冷！"老乔说，"那年我们在独石口吃了一洞子羊。"

"一洞子羊？"小王很有兴趣了。

"风太大了，公路边有一个涵洞，去避一会风吧。一看，涵洞里白糊糊的，都是羊。不知道是谁的羊，大概是被风赶到这里的，挤在涵洞里，全冻死了。这倒好，这是个天然冷藏库！俺们想吃，就进去拖一只，吃了整整一个冬天！"

老刘说："肥羊肉炖口蘑，那叫香！四家子的莜面，比白面还白。坝上是个好地方。"

话题转到了坝上。老乔、老刘轮流说，我和小王听着。

老乔说：坝上地广人稀，只要收一季莜麦，吃不完。过去山东人到口外打把势卖艺，不收钱。散了场子，拿一个大海碗挨家要莜面，"给！"一给就是一海碗。说坝上没果子。怀来人赶一个小驴车，装一车山里红到坝上，下来时驴车换成了三套大马车，车上满满地装的是莜面。坝上人都豪爽，大方。吃起肉来不是论斤,而是放开肚子吃饱。他说坝上人看见坝下人吃肉,一小碗,都奇怪:"这吃个什么劲儿呢?"他说,他们要是看见江苏人、广东人炒菜:几根油菜,两三片肉,就更会奇怪了。他还说坝上女人长得很好看。他说,都说水多的地方女人好看,坝上没水,为什么女人都长得白白净净?那么大的风沙,皮色都很好。他说他在崇礼县看过两姐妹,长得像傅全香。

傅全香是谁,老刘、小王可都不知道。

老刘说:坝上地大,风大,雪大,雹子也大。他说有一年沽源下了一场大雪,西门外的雪跟城墙一般高。也是沽源,有一年下了一场雹子,有一个雹子有马大。

"有马大?那掉在头上不砸死了?"小王不相信有这样大的雹子!

老刘还说,坝上人养鸡,没鸡窝。白天开了门,把鸡放出去。鸡到处吃草籽,到处下蛋。他们也不每天去捡。隔十天半月,挑了一副筐,到处捡蛋,捡满了算。他说坝上的山都是一个一个馒头样的平平的山包。山上没石头。有些山很奇怪，只长一样东西。有一个山叫韭菜山，一山都是韭菜；还有一座芍药山，夏天开了满满一山的芍药花……

老乔、老刘把坝上说得那样好，使小王和我都觉得这是个奇妙的、美丽的天地。

芍药山，满山开了芍药花，这是一种什么景象？

"咱们到韭菜山上掐两把韭菜，拿盐腌腌，明天蘸莜面吃吧。"小王说。

"见你的鬼！这会会有韭菜？满山大雪！——把钱收好了！"

聊天虽然有趣，终有意兴阑珊的时候。天已经很黑了，房顶上的雪一定已经堆了四五寸厚了，摊开被窝，我们该睡了。

正在这时，屋门开处，掌柜的领进三个人来。这三个人都反穿着白茬老羊皮袄，齐膝的毡疙瘩。为头是一个大高个儿，五十来岁，长方脸，戴一顶火红的狐皮帽。一个四十来岁，是个矮胖子，脸上有几颗很大的痘疤，戴一顶狗皮帽子。另一个是和小王岁数仿佛的后生,雪白的山羊头的帽子遮齐了眼睛,使他看起来像一个女孩子。——他脸色红润,眼睛太好看了!他们手里都拿着一根六道木二尺多长的短棍。虽然刚才在门外已经拍打了半天,帽子上、身上,还粘着不少雪花。

掌柜的说:"给你们作饭?——带着面了吗?"

"带着哩。"

后生解开老羊皮袄,取出一个面口袋。——他把面口袋系在腰带上,怪不道他看起来身上鼓鼓囊囊的。

"推窝窝?"

高个儿把面口袋交给掌柜的:

"不吃莜面!一天吃莜面。你给俺们到老乡家换几个粑粑头吃。多时不吃粑粑头,想吃个粑粑头。把火弄得旺旺的,烧点水,俺们喝一口。——没酒?"

"没。"

"没咸菜?"

"没。"

"那就甜吃!"

老刘小声跟我说:"是坝上来的。坝上人管窝窝头叫粑粑头。是赶牲口的,——赶牛的。你看他们拿的六道木的棍子。"随即,他和这三个坝上人搭唠起来:

"今天一早从张北动的身?"

"是。——这天气!"

"就你们仨?"

"还有仨。"

"那仨呢?"

"在十多里外,两头牛掉进雪窟窿里了。他们仨在往上弄。俺们把其余的牛先送到食品公司屠宰场,到店里等他们。"

"这样天气,你们还往下送牛?"

"没法子。快过年了。过年,怎么也得叫坝下人吃上一口肉!"

不大一会,掌柜的搞了粑粑头来了,还弄了几个腌蔓菁来。他们把粑粑头放在火里烧了一会,水开了,把烧焦的粑粑头拍打拍打,就吃喝起来。

我们的酱碗里还有一点酱，老乔就给他们送过去。

"你们那里今年年景咋样？"

"好！"高个儿回答得斩钉截铁。显然这是反话，因为痘疤脸和后生都噗嗤一声笑了。

"不是说去年你们已经过了'黄河'了？"

"过了！那还不过！"

老乔知道他话里有话，就问：

"也是假的？"

"不假。搞了'标准田'。"

"啥叫'标准田'？"

"把几块地里打的粮算在一起。"

"其余的地？"

"不算产量。"

"坝上过'黄河'？不用什么'科学家'，我就知道，不行！"老刘用了一个很不文雅的字眼说："过'黄河'，过毬的个河吧！"

老乔向我解释："老刘说的是对的。坝上的土层只有五寸，下面全是石头。坝上一向是广种薄收，要求单位面积产量,是主观主义。"

痘疤脸说:"就是!俺们和公社的书记说,这产量是虚的。但人家说:有了虚的,就会带来实的。"

后生说:"还说这是:以虚带实。"

我还从来没有听说过"以虚带实"是这样的解释的。

高个儿沉重地叹了一口气:"这年月!当官的都说谎!"

老刘接口说:"当官的说谎,老百姓遭罪!"

老乔把烟口袋递给他们:

"牲畜不错?"

"不错!也经不起胡糟践。头二年,大跃进,大炼钢铁,夜战,把牛牵到地里,杀了,在地头架起了大锅,大块大块地煮烂,大伙儿,吃!那会儿吃了个痛快;这会儿,想去吧!——他们怎咋还不来?去看看。"

高个儿说着把解开的老羊皮袄又系紧了。

痘疤脸说:"我们俩去。你啦就甭去了。"

"去!"

他们和掌柜的借了两根木杠,把我们车上的缆绳也借去了,拉开门,就走了。

听见后生在门外大声说:"雪更大了!"

老刘起来解手,把地下三根六道木的棍子归在一起,上了炕,说:

"他们真辛苦!"

过了一会,又自言自语地说:

"咱们也很辛苦。"

老乔一面钻被窝,一面说:

"中国人都很辛苦啊!"

小王已经睡着了。

"过年,怎么也得叫坝下人吃上一口肉!"我老是想着大个儿的这句话,心里很感动,很久未能入睡。这是一句朴素、美丽的话。

半夜,朦朦胧胧地听到几个人轻手轻脚走进来,我睁开眼,问:

"牛弄上来了?"

高个儿轻轻地说:

"弄上来了。把你吵醒了!睡吧!"

他们睡在对面的炕上。

第二天,我们起得很晚。醒来时,这六个赶牛的坝上人已经走了。

一九八一年五月十一日写成

鸡　毛

西南联大有一个文嫂。

她不是西南联大的人。她不属于教职员工,更不是学生。西南联大的各种名册上都没有"文嫂"这个名字。她只是在西南联大里住着,是一个住在联大里的校外人。然而她又的的确确是"西南联大"的一个组成部分。她住在西南联大的新校舍。

西南联大有许多部分:新校舍、昆中南院、昆中北院、昆华师范、工学院……其他部分都是借用的原有的房屋,新校舍是新建的,也是联大的主要部分。图书馆、大部分教室、各系的办公室、男生宿舍……都在新校舍。

新校舍在昆明大西门外,原是一片荒地。有很多坟,几户零零落落的人家。坟多无主。有的坟主大概已经绝了后，不难处理，有一个很大的坟头，一直还留着，四面环水，如一小岛，春夏之交，开满了野玫瑰，香气袭人，成了一处风景。其余的，都平了。坟前的墓碑，有的相当高大，都搭在几条水沟上，成了小桥。碑上显考显妣的姓名分明可见，全都平躺着了。每天有许多名师大儒、莘莘学子从上面走过。住户呢，由学校出几个钱，都搬迁了。文嫂也是这里的住户。她不搬。说什么也不搬。她说她在这里住惯了。联大的当局是很讲人道主义的，人家不愿搬，不能逼人家走。可是她这两间破破烂烂的草屋，不当不间地戳在那里，实在也不成个样子。新校舍建筑虽然极其简陋，但是是经过土木工程系的名教授设计过的，房屋安排疏密有致，空间利用十分合理。那怎么办呢？主其事者跟文嫂商量，把她两间草房拆了，另外给她盖一间，质料比她原来的要好一些。她同意了，只要求再给她盖一个鸡窝。那好办。

她这间小屋，土墙草顶，有两个窗户（没有窗扇，只有一个窗洞，有几根直立着的带皮的树棍），一扇板门。紧靠西面围墙,离二十五号宿舍不远。

宿舍旁边住着这样一户人家,学生们倒也没有人觉得奇怪。学生叫她文嫂。她管这些学生叫"先生"。时间长了,也能分得出张先生,李先生,金先生,朱先生……但是,相处这些年了,竟没有一个先生知道文嫂的身世,只知道她是一个寡妇,有一个女儿。人很老实。虽然没有知识,但是洁身自好,不贪小便宜。除非你给她,她从不伸手要东西。学生丢了牙膏肥皂、小东小西,从来不会怀疑是她顺手牵羊拿了去。学生洗了衬衫,晾在外面,被风吹跑了,她必为捡了,等学生回来时交出:"金先生,你的衣服。"除了下雨,她一天都是在屋外待着。她的屋门也都是敞开着的。她的所作所为,都在天日之下,人人可以看到。

她靠给学生洗衣服、拆被窝维持生活。每天大盆大盆地洗。她在门前的两棵半大榆树之间拴了两根棕绳,拧成了麻花。洗得的衣服,夹紧在两绳之间,风把这些衣服吹得来回摆动,霍霍作响。大太阳的天气,常常看见她坐在草地上(昆明的草多丰茸齐整而极干净）做被窝，一针一针，专心致意。衣服被窝洗好做得了，为了避免嫌疑，她从不送到学生宿舍里去，只是叫女儿隔着窗户喊："张先生，来取衣服。"——"李先生，取被窝。"

她的女儿能帮上忙了，能到井边去提水，踮着脚往绳子上晾衣服，在床上把衣服抹煞平整了，叠起来。

文嫂养了二十来只鸡（也许她原是靠喂鸡过日子的）。联大到处是青草，草里有昆虫蚱蜢种种活食，这些鸡都长得极肥大，很肯下蛋。隔多半个月，文嫂就挎了半篮鸡蛋，领着女儿，上市去卖。蛋大，也红润好看，卖得很快。回来时，带了盐巴、辣子，有时还用马兰草提着一块够一个猫吃的肉。

每天一早，文嫂打开鸡窝门，这些鸡就急急忙忙，迫不及待地奔出来，散到草丛中去，不停地啄食。有时又抬起头来，把一个小脑袋很有节奏地转来转去，顾盼自若，——鸡转头不是一下子转过来，都是一顿一顿地那么转动。到觉得肚子里那个蛋快要坠下时,就赶紧跑回来,红着脸把一个蛋下在鸡窝里。随即得意非凡地高唱起来:"郭格答!郭格答!"文嫂或她的女儿伸手到鸡窝里取出一颗热烘烘的蛋,顺手赏了母鸡一块土坷垃:"去去去!先生要用功,莫吵!"这鸡婆子就只好咕咕地叫着,很不平地走到草丛里去了。到了傍晚,文嫂抓了一把碎米,一面撒着,一面"咿咿,咿咿"叫着,这些母鸡就都即即足足地回来了。它们把碎米啄尽,就鱼贯进入鸡窝。进窝时还故意把脑袋低一低,把尾巴向下耷拉一下,以示雍容文雅,很有鸡教。鸡窝门有一道小槛,这些鸡还都一定两脚并齐,站在门槛上,然后向前一跳。这种礼节,其实大可不必。进窝以后,咕咕囔囔一会,就寂然了。于是夜色就降临抗战时期最高学府之一,国立西南联合大学的新校舍了。阿门。

文嫂虽然生活在大学的环境里,但是大学是什么,这有什么用,为什么要办它,这些,她可一点都不知道。只知道有许多"先生",还有许多小姐,或按昆明当时的说法,有很多"摩登",来来去去;

或在一个洋铁皮房顶的屋子（她知道那叫"教室"）里，坐在木椅子上，呆呆地听一个"老倌"讲话。这些"老倌"讲话的神气有点像耶稣堂卖福音书的教士（她见过这种教士）。但是她隐隐约约地知道，先生们将来都是要做大事，赚大钱的。

先生们现在可没有赚大钱，做大事，而且越来越穷，找文嫂洗衣服、做被子的越来越少了。大部分先生非到万不得已，不拆被子。一年也不定拆洗一回。有的先生虽然看起来衣冠齐楚，西服皮鞋，但是皮鞋底下有洞。有一位先生还为此制了一则谜语："天不知地知，你不知我知。"他们的袜子没有后跟，穿的时候就把袜尖往前拽拽，窝在脚心里，这样后跟的破洞就露不出来了。他们的衬衫穿脏了，脱下来换一件。过两天新换的又脏了，看看还是原先脱下的一件干净些，于是又换回来。有时要去参加 Party，没有一件洁白的衬衫，灵机一动：有了！把衬衫反过来穿！打一条领带，把纽扣遮住，这样就看不出反正了。就这样，还很优美地跳着《蓝色的多瑙河》。有一些，就完全不修边幅，衣衫褴褛，囚首垢面，跟一个叫花子差不多了。他们的裤子破了，就用一根麻绳把破处系紧。文嫂看到这些先生，常常跟女儿说："可怜！"

来找文嫂洗衣的少了，她还有鸡，而且她的女儿已经大了。

女儿经人介绍，嫁了一个司机。这司机是下江人，除了他学着说云南话"为哪样"、"咋个整"，其余的话，她听不懂，但她觉得这女婿人很好。他来看过老丈母，穿了麂皮夹克，大皮鞋，头上抹了发蜡。女儿按月给妈送钱。女婿跑仰光、腊戌，也跑贵州、重庆。每趟回来，还给文嫂带点曲靖韭菜花，贵州盐酸菜，甚至宣威火腿。有一次还带了一盒遵义板桥的化风丹，她不知道这有什么用。他还带来一些奇形怪状的果子。有一种果子，香得她的头都疼。下江人女婿答应养她一辈子。

文嫂胖了。

男生宿舍全都一样，是一个窄长的大屋子，土墼墙，房顶铺着木板，木板都没有刨过，留着锯齿的痕迹，上盖稻草；两面的墙上开着一列像文嫂的窗洞一样的窗洞。每间宿舍里摆着二十张双层木床。这些床很笨重结实，一个大学生可以在上面放放心心地睡四年，一直睡到毕业，无须修理。床本来都是规规矩矩地靠墙排列着的，一边十张。可是这些大学生需要自己的单独的环境，于是把它们重新调动了一下，有的两张床摆成一个曲尺形，有的三张床摆成一个凹字形，就成了一个一个小天地。按规定，每一间住四十人，实际都住不满。有人占了一个铺位，或由别人替他占了一个铺位而根本不来住；也有不是铺主却长期睡在这张铺上的；有根本不是联大学生，却在新校舍住了好几年的。这些曲尺形或凹字形的单元里，大都只有两三个人。个别的，只有一个。一间宿舍住的学生，各系的都有。有一些互相熟悉，白天一同进出，晚上联床夜话；也有些老死不相往来，连贵姓都不打听。二十五号南头一张双层床上住着一个历史系学生，一个中文系学生，一个上铺，一个下铺，两个人合住了一年，彼此连面都没有见过：因为这二位的作息时间完全不同。中文系学生是个夜猫子，每晚在系图书馆夜读，天亮才回来；而历史系学生却是个早起早睡的正常的人。因此，上铺的铺主睡觉时，下铺是空的；下铺在酣睡时，上铺没有人。

联大的人都有点怪。"正常"在联大不是一个褒词。一个人很正常，就会被其余的怪人认为"很怪"。即以二十五号宿舍而论，如果把这些先生的事情写下来，将会是一部很长的小说。如今且说一个人。

此人姓金，名昌焕，是经济系的。他独占北边的一个凹字形的单元。他不欢迎别人来住，别人也不想和他搭伙。他不知从哪里弄来一些木板，把双层床的一边都钉了木板，就成了一间屋中之屋，成了他的一统天下。凹字形的当中，摆着几个装肥皂的木箱——昆明这种木箱很多，到处有得卖，这就是他的书桌。他是相当正常的。一二年级时，按时听讲，从不缺课。联大的学生大都很狂，讥弹时事，品藻人物，语带酸咸，辞锋很锐。金先生全不这样。他不发狂论。事实上他很少跟人说话。其特异处有以下几点：一是他所有的东西都挂着，二是从不买纸，三是每天吃一块肉。他在他的床上拉了几根铁丝，什么都挂在这些铁丝上，领带、袜子、针线包、墨水瓶……他每天就睡在这些丁丁当当的东西的下面。学生离不开纸。怎么穷的学生，也得买一点纸。联大的学生时兴用一种灰绿色布制的夹子，里面夹着一叠白片艳纸，用来记笔记，做习题。金先生从不花这个钱。为什么要花钱买呢？纸有的是！联大大门两侧墙上贴了许多壁报、学术演讲的通告、寻找失物、出让衣鞋的启事，形形色色、琳琅满目。这些启事、告白总不是顶天立地满满写着字，总有一些空白的地方。金先生每天晚上就带了一把剪刀，把这些空白的地方剪下来。他还把这些纸片，按大小纸质、颜色，分门别类，裁剪整齐，留作不同用处。他大概是相当笨的，因此每晚都开夜车。开夜车伤神，需要补一补。他按期买了猪肉，切成大小相等的方块，借了文嫂的鼎罐（他借用了鼎罐，都是洗都不洗就还给人家了），在学校茶水炉上炖熟了，密封在一个有盖的瓷坛里。

每夜用完了功，就打开坛盖，用一只一头削尖了的筷子，瞅准了，扎出一块，闭目而食之。然后，躺在丁丁当当的什物之下，酣然睡去。

这样过了三年。到了四年级，他在聚兴诚银行里兼了职，当会计。其时他已经学了簿记、普通会计、成本会计、银行会计、统计……这些学问当一个银行职员，已是足用的了。至于经济思想史、经济地理……这些空空洞洞的课程，他觉得没有什么用处，只要能混上学分就行，不必苦苦攻读，可以缺课。他上午还在学校听课，下午上班。晚上仍是开夜车，搜罗纸片，吃肉。自从当了会计，他添了两样毛病。一是每天提了一把黑布阳伞进出，无论冬夏，天天如此。二是穿两件衬衫，打两条领带。穿好了衬衫，打好领带；又加一件衬衫，再打一条领带。这是干什么呢？若说是显示他有不止一件衬衫、一条领带吧，里面的衬衫和领带别人又看不见；再说这鼓鼓囊囊的，舒服吗？真是令人百思不得其解。因此，同屋的那位中文系夜游神送给他一个外号，这外号很长："二十年目睹之怪现状"。

金先生很快就要毕业了。毕业以前，他想到要做两件事。一件是加入国民党，这已经着手办了；一件是追求一个女同学，这可难。他在学校里进进出出，一向像马二先生逛西湖：他不看女人，女人也不看他。

谁知天缘凑巧，金昌焕先生竟有了一段风流韵事。一天，他正提着阳伞到聚兴诚去上班，前面走着两个女同学，她们交头接耳地谈着话。一个告诉另一个：这人穿两件衬衫，打两条领带，而且介绍他有一个很长的外号："二十年目睹之怪现状"。听话的那个不禁回头看了金昌焕一眼，嫣然一笑。金昌焕误会了：谁知一段姻缘却落在这里。当晚，他给这女同学写了一封情书。开头写道："××女士芳鉴，迳启者……"接着说了很多仰慕的话，最后直截了当地提出："倘蒙慧眼垂青，允订白首之约，不胜荣幸之至。随函附赠金戒指一枚，务祈笑纳为荷。"在"金戒指"三字的旁边还加了一个括弧，括弧里注明："重一钱五"。这封情书把金先生累得够呛，到他套起钢笔，吃下一块肉时，文嫂的鸡都已经即即足足地发出声音了。

这封情书是当面递交的。

这位女同学很对得起金昌焕。她把这封信公布在校长办公室外面的布告栏里,把这枚金戒指也用一枚大头针钉在布告栏的墨绿色的绒布上。于是金昌焕一下子出了大名了。

金昌焕倒不在乎。他当着很多人,把信和戒指都取下来,收回了。

你们爱谈论,谈论去吧!爱当笑话说,说去吧!于金昌焕何有哉!金昌焕已经在重庆找好了事,过两天就要离开西南联大,上任去了。

文嫂丢了三只鸡,一只笋壳鸡,一只黑母鸡,一只芦花鸡。这三只鸡不是一次丢的,而是隔一个多星期丢一只。不知怎么丢的。早上开鸡窝放鸡时还在,晚上回窝时就少了。文嫂到处找,也找不着。她又不能像王婆骂鸡那样坐在门口骂——她知道这种泼辣作法在一个大学里很不合适,只是一个人叨叨:"我叨(的)鸡呢?我叨鸡呢?……"

文嫂的女儿回来了。文嫂吓了一跳：女儿戴得一头重孝。她明白出了大事了。她的女婿从重庆回来，车过贵州的十八盘，翻到山沟里了。女婿的同事带了信来。母女俩顾不上抱头痛哭，女儿还得赶紧搭便车到十八盘去收尸。

女儿走了，文嫂失魂落魄，有点傻了。但是她还得活下去，还得过日子，还得吃饭，还得每天把鸡放出去，关鸡窝。还得洗衣服，做被子。有很多先生都毕业了，要离开昆明，临走总得干净干净，来找文嫂洗衣服，拆被子的多了。

这几天文嫂常上先生们的宿舍里去。有的先生要走了，行李收拾好了，总还有一些带不了的破旧衣物，一件鱼网似的毛衣，一个压扁了的脸盆，几只配不成对的皮鞋——那有洞的鞋底至少掌鞋还有用……这些先生就把文嫂叫了来，随她自己去挑拣。挑完了，文嫂必让先生看一看，然后就替他们把曲尺形或凹字形的单元打扫一下。

因为洗衣服、拣破烂，文嫂还能岔乎岔乎，心里不至太乱。不过她明显地瘦了。

金昌焕不声不响地走了。二十五号的朱先生叫文嫂也来看看,这位"怪现状"是不是也留下一些还值得一拣的东西。

什么都没有。金先生把一根布丝都带走了。他的凹形王国里空空如也,只留下一个跟文嫂借用的鼎罐。文嫂毫无所得,然而她也照样替金先生打扫了一下。她的笤帚扫到床下,失声惊叫了起来:床底下有三堆鸡毛,一堆笋壳色的,一堆黑的,一堆芦花的!

文嫂把三堆鸡毛抱出来,一屁股坐在地下,大哭起来。

"啊呀天呐,这是我叨鸡呀!我叨笋壳鸡呀!我叨黑母鸡,我叨芦花鸡呀!……"

"我寡妇失业几十年哪,你咋个要偷我叨鸡呀!……"

"我风里来雨里去呀,我叨命多苦,多艰难呀,你咋个要偷我叨鸡呀!……"

"你先生是要做大事,赚大钱的呀,你咋个要偷我叨鸡呀!……"

"我叨女婿死在贵州十八盘，连尸都还没有收呀，你咋个要偷我叨鸡呀！……"

她哭得很伤心，很悲痛。

她好像要把一辈子所受的委曲、不幸、孤单和无告全都哭了出来。

这金昌焕真是缺德，偷了文嫂的鸡，还借了文嫂的鼎罐来炖了。至于他怎么偷的鸡，怎样宰了，怎样煺的鸡毛，谁都无从想象。

林子大了，什么鸟都有。

一九八一年六月六日

故里杂记

李 三

李三是地保,又是更夫。他住在土地祠。土地祠每坊都有一个。"坊"后来改称为保了。只有死了人,和尚放焰口,写疏文,写明死者籍贯,还沿用旧称:"南赡部洲中华民国某省某县某坊信士某某……"云云。疏文是写给阴间的公事。大概阴间还没有改过来。土地是阴间的保长。其职权范围与阳间的保长相等,不能越界理事,故称"当坊土地"。李三所管的,也只是这一坊之事。出了本坊,哪怕只差一步,不论出了什么事,死人失火,他都不问。一个坊或一个保的疆界,保长清楚,李三也清楚。

土地祠是俗称，正名是"福德神祠"。这四个字刻在庙门的砖额上，蓝地金字。这是个很小的庙。外面原有两根旗杆，西边的一根有一年教雷劈了（这雷也真怪，把旗杆劈得粉碎，劈成了一片一片一尺来长的细木条，这还有个名目，叫做"雷楔"），只剩东边的一根了。进门有一个门道，两边各有一间耳房。东边的，住着李三。西边的一间，租给了一个卖糜饭饼子的。——糜饭饼子是米粥捣成糜，发酵后在一个平锅上烙成的，一面焦黄，一面是白的，有一点酸酸的甜味。再往里，过一个两步就跨过的天井，便是神殿。迎面塑着土地老爷的神像。神像不大，比一个常人还小一些。这土地老爷是单身，——不像乡下的土地庙里给他配一个土地奶奶。是一个笑眯眯的老头，一嘴的白胡子。头戴员外巾，身穿蓝色道袍。神像前是一个很狭的神案。神案上有一具铁制蜡烛架，横列一排烛钎，能插二十来根蜡烛。一个瓦香炉。神案前是一个收香钱的木柜。木柜前留着几尺可供磕头的砖地。如此而已。

李三同时又是庙祝。庙祝也没有多少事。初一、十五，把土地祠里外打扫一下，准备有人来进香。过年的时候，把两个"灯对子"找出来，挂在庙门两边。灯对子是长方形的纸灯，里面是木条钉成的框子，外糊白纸，上书大字，一边是"风调雨顺"，一边是"国泰民安"。灯对子里有横隔，可以点蜡烛。从正月初一，一直点到灯节。这半个多月，土地祠门前明晃晃的，很有点节日气氛。这半个月，进香的也多。每逢香期，到了晚上，李三就把收香钱的柜子打开，把香钱倒出来，一五一十地数一数。

偶尔有人来赌咒。两家为一件事分辨不清，——常见的是东家丢了东西，怀疑是西家偷了，两家对骂了一阵，就各备一份香烛到土地祠来赌咒。两个人同时磕了头，一个说："土地老爷在上，若是某某偷了我的东西，就叫他现世现报！"另一个说："土地老爷在上，我若做了此事，就叫我家死人失天火！他诬赖我，也一样！"咒已赌完，各自回家。李三就把只点了小半截的蜡烛吹灭，拔下，收好，备用。

李三最高兴的事，是有人来还愿。坊里有人家出了事，例如老人病重，或是孩子出了天花，就到土地祠来许愿。老人病好了，孩子天花出过了，就来还愿。仪式很隆重：给菩萨"挂匾"——送一块横宽二三尺的红布匾，上写四字："有求必应"。满炉的香，红蜡烛把铁架都插满了（这种蜡烛很小，只二寸长，叫做"小牙"）。最重要的是：供一个猪头。因此，谁家许了愿，李三就很关心，随时打听。这是很容易打听到的。老人病好，会出来扶杖而行。孩子出了天花，在衣领的后面就会缝一条二指宽三寸长的红布，上写"天花已过"。于是李三就满怀希望地等着。这猪头到了晚上，就进了李三的砂罐了。一个七斤半重的猪头，够李三消受好几天。这几天，李三的脸上随时都是红喷喷的。

地保所管的事，主要的就是死人失火。一般人家死了人，他是不管的，他管的是无后的孤寡和"路倒"。一个孤寡老人死在床上，或是哪里发现一具无名男尸，在本坊地界，李三就有事了：拿了一个捐簿，到几家殷实店铺去化钱。然后买一口薄皮棺材装殓起来；省事一点，就用芦席一卷，草绳一捆（这有个名堂，叫做"万字纹的棺材，三道紫金箍"），用一把锄头背着，送到乱葬岗去埋掉。因此本地流传一句骂人的话："叫李三把你背出去吧！"李三很愿意本坊常发生这样的事，因为募化得来的钱怎样花销，是谁也不来查账的。李三拿埋葬费用的余数来喝酒，实在也在情在理，没有什么说不过去。这种事，谁愿承揽，就请来试试！哼，你以为这几杯酒喝到肚里容易呀！不过，为了心安理得，无愧于神鬼，他在埋了死人后，照例还为他烧一陌纸钱，磕三个头。

李三瘦小干枯，精神不足，拖拖沓沓，迷迷瞪瞪，随时总像没有睡醒，——他夜晚打更，白天办事，睡觉也是断断续续的，看见他时他也真是刚从床上爬起来一会，想不到有时他竟能跑得那样快！那是本坊有了火警的时候。这地方把失火叫成"走水"，大概是讳言火字，所以反说着了。一有人家走水,李三就拿起他的更锣,用一个锣棒使劲地敲着,没命地飞跑,嘴里还大声地嚷叫:"××巷×家走水啦!××巷×家走水啦!"一坊失火,各坊的水龙都要来救,所以李三这回就跑出坊界,绕遍全城。

李三希望人家失火么?哎,话怎么能这样说呢?换一个说法:他希望火不成灾,及时救灭。火灾之后,如果这一家损失不大,他就跑去道喜:"恭喜恭喜,越烧越旺!"如果这家烧得片瓦无存,他就向幸免殃及的四邻去道喜:"恭喜恭喜,土地菩萨保佑!"他还会说:火势没有蔓延,也多亏水龙来得快。言下之意也很清楚:水龙来得快,是因为他没命的飞跑。听话的人并不是傻子。他飞跑着敲锣报警,不会白跑,总是能拿到相当可观的酒钱的。

地保的另一项职务是管叫花子。这里的花子有两种,一种是专赶各庙的香期的。初一、十五,各庙都有人进香。逢到菩萨生日(这些菩萨都有一个生日,不知是怎么查考出来的),香火尤盛。这些花子就从庙门、甬道、一直到大殿,密密地跪了两排。有的装作瞎子,有的用蜡烛油画成烂腿(画得很像),"老爷太太"不住地喊叫。进香的信女们就很自觉地把铜钱丢在他们面前破瓢里,她们认为把钱给花子,是进香仪式的一部分,不如此便显得不虔诚。因此,这些花子要到的钱是不少的。这些虔诚的香客大概不知道花子的黑话。花子彼此相遇,不是问要了多少钱,而说是"唤了多少狗"!这种花子是有帮的,他们都住在船上。每年还做花子会,很多花子船都集中在一起,也很热闹。这一种在帮的花子李三惹不起,他们也不碍李三的事,井水不犯河水。李三能管的是串街的花子。串街要钱的,他也只管那种只会伸着手赖着不走的软弱疲赖角色。李三提了一根竹棍,看见了,就举起竹棍大喝一声:"去去去!"有三等串街的他不管。一等是唱道情的。这是斯文一脉,穿着破旧长衫,念过两句书,又和吕洞宾、郑板桥有些瓜葛。店铺里等他唱了几句"老渔翁,一钓竿",就会往柜台上丢一个铜板。他们是很清高的,取钱都不用手,只是用两片简板一夹,咚的一声丢在渔鼓筒里。另外两等,一是耍青龙(即耍蛇)的,一是吹筒子的。耍青龙的弄两条菜花蛇盘在脖子里,蛇信子簌簌地直探。吹筒子的吹一个外面包了火赤练蛇皮的竹筒,"布——呜!"声音很难听,样子也难看。他们之一要是往店堂一站,半天不走,这家店铺就甭打算做生意了:女人、孩子都吓得远远地绕开走了。照规矩(不知是谁定的规矩),这两等,李三是有权赶他们走的。然而他偏不赶,只是在一个背人处把他们拦住,向他们索要例规。讨价还价,照例要争执半天。双方会谈的地方,最多的是官茅房——公共厕所。

地保当然还要管缉盗。谁家失窃,首先得叫李三来。李三先看看小偷进出的路径。是撬门,是挖洞,还是爬墙。按律(哪朝的律呢):如果案发,撬门罪最重,只下明火执仗一等。挖洞次之。爬墙又次之。然后,叫本家写一份失单。事情就完了。如果是爬墙进去偷的,他还不会忘了把小偷爬墙用的一根船篙带走。——小偷爬墙没有带梯子的,只是从河边船上抽一根竹篙,上面绑十来个稻草疙瘩,戗在墙边,踩着草疙瘩就进去了。偷完了,照例把这根竹篙靠在墙外。这根船篙不一会就会有失主到土地祠来赎。——"交二百钱,拿走!"

丢失衣物的人家,如果对李三说,有几件重要的东西,本家愿出钱赎回,过些日子,李三真能把这些赃物追回来。但是是怎样追回来的,是什么人偷的,这些事是不作兴问的。这也是规矩。

李三打更。左手拿着竹梆,吊着锣,右手拿锣槌。

笃,铛。定更。

笃,笃;铛——铛。二更。

笃,笃,笃;铛,铛——铛。三更。

三更以后,就不打了。

打更是为了防盗。但是人家失窃,多在四更左右,这时天最黑,人也睡得最死。李三打更,时常也装腔作势吓唬人:"看见了,看见了!往哪里躲!树后头!墙旮旯!……"其实他什么也没看见。

故里杂记　　237

一进腊月,李三在打更时添了一个新项目,喊"小心火烛":

"岁尾年关,——小心火烛!"

"火塘扑熄,——水缸上满!——

"老头子老太太,铜炉子撂远些——!

"屋上瓦响,莫疑猫狗,起来望望——!"

"岁尾年关,小心火烛……"

店铺上了板,人家关了门,外面很黑,西北风呜呜地叫着,李三一个人,腰里别着一个白纸灯笼,大街小巷,拉长了声音,有板有眼,有腔有调地喊着,听起来有点凄惨。人们想到:一年又要过去了。又想:李三也不容易,怪难为他。

没有死人,没有失火,没有还愿,没人家挨偷,李三这几天的日子委实过得有些清淡。他拿着锣、梆,很无聊地敲着三更:

"笃,笃,笃;铛,铛——铛!"

一边敲,一边走,走到了河边。一只船上有一枝很结实的船篙在船帮外面别着,他一伸手,抽了出来,夹在胳肢窝里回身便走。他还不紧不慢地敲着:

"笃，笃，笃；铛，铛——铛！"

不想船篙带不动了，篙子后梢被一只很有劲的大手攥住了。

李三原想把船篙带到土地祠，明天等这个弄船的拿钱来赎，能弄二百钱，也能喝四两。不想这船家刚刚起来撒过尿，躺下还没有睡着。他听到有人抽篙子，爬出舱口一看：是李三！

"好，李三！你偷篙子！"

"莫喊！莫喊！"

李三不是很要脸面的人，但是一个地保偷东西，而且叫人当场抓住，总不大好看。

"你认打认罚？"

"认罚！认罚！罚多少？"

"罚二百钱！"

李三老是罚乡下人的钱。谁在街上挑粪，溅出了一点，"罚！二百钱！"谁在不该撒尿的地方撒了尿，"罚！二百钱！"没有想到这回被别人罚了。李三挨罚，这是有史以来第一次。

榆 树

　　侉奶奶住到这里一定已经好多年了,她种的八棵榆树已经很大了。

　　这地方把徐州以北说话带山东口音的人都叫做侉子。这县里有不少侉子。他们大都住在运河堤下,拉纤,推独轮车运货(运得最多的是河工所用石头),碾石头粉(石头碾细,供修大船的和麻丝桐油和在一起填塞船缝),烙锅盔(这种干厚棒硬的面饼也主要是卖给侉子吃),卖牛杂碎汤(本地人也有专门跑到运河堤上去尝尝这种异味的)……

　　侉奶奶想必本是一个侉子的家属,她应当有过一个丈夫,一个侉老爹。她的丈夫哪里去了呢?死了,还是"贩了桃子"——扔下她跑了?不知道。她丈夫姓什么?她姓什么?很少人知道。大家都叫她侉奶奶。大人、小孩,穷苦人、有钱的,都这样叫。倒好像她就姓侉似的。

　　侉奶奶怎么会住到这样一个地方来呢(这附近

住的都是本地人，没有另外一家侉子)？她是哪年搬来的呢？你问附近的住户，他们都回答不出，只是说："啊，她一直就在这里住。"好像自从盘古开天地，这里就有一个侉奶奶。

侉奶奶住在一个巷子的外面。这巷口有一座门，大概就是所谓里门。出里门，有一条砖铺的街，伸向越塘，转过螺蛳坝，奔臭河边，是所谓后街。后街边有人家。侉奶奶却又住在后街以外。巷口外，后街边，有一条很宽的阴沟，正街的阴沟水都流到这里，水色深黑，发出各种气味，蓝靛的气味、豆腐水的气味、做草纸的纸浆气味，不知道为什么，闻到这些气味，叫人感到忧郁。经常有乡下人，用一个接了长柄的洋铁罐，把阴沟水一罐一罐刮起来，倒在木桶里（这是很好的肥料）刮得沟底嘎啦嘎啦地响。跳过这条大阴沟，有一片空地。侉奶奶就住在这片空地里。

侉奶奶的家是两间草房。独门独户，四边不靠人家，孤零零的。她家的后面，是一带围墙。围墙里面，是一家香店的作坊，香店老板姓杨。

香是像压饸饹似的挤出来的。挤的时候还会发出"蓬——"的一声。侉奶奶没有去看过师傅做香,不明白这声音是怎样弄出来的。但是她从早到晚就一直听着这种很深沉的声音。隔几分钟一声:"蓬——蓬——蓬"。围墙有个门,从门口往里看,便可看到一扇一扇像铁纱窗似的晒香的棕棚子,上面整整齐齐平铺着两排黄色的线香。侉奶奶门前,一眼望去,有一个海潮庵。原来不知是住和尚还是住尼姑的,多年来没有人住,废了。再往前,便是从越塘流下来的一条河。河上有一座小桥。侉奶奶家的左右都是空地。左边长了很高的草。右边是侉奶奶种的八棵榆树。

　　侉奶奶靠给人家纳鞋底过日子。附近几条巷子的人家都来找她,拿了旧布(间或也有新布)、袼褙(本地叫做"骨子")和一张纸剪的鞋底样。侉奶奶就按底样把旧布、袼褙剪好,"做"一"做"(粗缝几针),然后就坐在门口小板凳上纳。扎一锥子,纳一针,"哧啦——哧啦"。有时把锥子插在头发里"光"一"光"(读去声)。侉奶奶手劲很大,纳的针脚很紧,她纳的底子很结实,大家都愿找她纳。也不讲个价钱。给多,给少,她从不争。多少人穿过她纳的鞋底啊!

侉奶奶一清早就坐在门口纳鞋底。她不点灯。灯碗是有一个的,房顶上也挂着一束灯草。但是灯碗是干的,那束灯草都发黄了。她睡得早,天上一见星星,她就睡了。起得也早。别人家的烟筒才冒出烧早饭的炊烟,侉奶奶已经纳好半只鞋底。除了下雨下雪,她很少在屋里(她那屋里很黑),整天都坐在门外扎锥子,抽麻线。有时眼酸了,手困了,就停下来四面看看。

正街上有一家豆腐店,有一头牵磨的驴。每天上下午,豆腐店的一个孩子总牵驴到侉奶奶的榆树下打滚。驴乏了,一滚,再滚,总是翻不过去。滚了四五回,哎,翻过去了。驴打着响鼻,浑身都轻松了。侉奶奶原来直替这驴在心里攒劲;驴翻过了,侉奶奶也替它觉得轻松。

街上的,巷子里的孩子常上侉奶奶门前的空地上来玩。他们在草窝里捉蚂蚱,捉油葫芦。捉到了,就拿给侉奶奶看。"侉奶奶,你看!大不大?"侉奶奶必很认真地看一看,说:"大。真大!"孩子玩一回,又转到别处去玩了,或沿河走下去,或过桥到对岸远远的一个道士观去看放生的乌龟。孩子的妈妈有时来找孩子(或家里来了亲戚,或做得了一件新衣要他回家试试),就问侉奶奶:"看见我家毛毛了么?"侉奶奶就说:"看见咧,往东咧。"或"看见咧,过河咧。"……

侉奶奶吃得真是苦。她一年到头喝粥。三顿都是粥。平常是她到米店买了最糙最糙的米来煮。逢到粥厂放粥(这粥厂是官办的,门口还挂一块牌:××县粥厂),她就提了一个"櫃子"(小水桶)去打粥。这一天,她就自己不开火仓了,喝这粥。粥厂里打来的粥比侉奶奶自己煮的要白得多。侉奶奶也吃菜。她的"菜"是她自己腌的红胡萝卜。啊呀,那叫咸,比盐还咸,咸得发苦!——不信你去尝一口看!

只有她的侄儿来的那一天,才变一变花样。

侉奶奶有一个亲人,是她的侄儿。过继给她

了，也可说是她的儿子。名字只有一个字，叫个"牛"。牛在运河堤上卖力气，也拉纤，也推车，也碾石头。他隔个十天半月来看看他的过继的娘。他的家口多，不能给娘带什么，只带了三斤重的一块锅盔。娘看见牛来了，就上街，到卖熏烧的王二的摊子上切二百钱猪头肉，用半张荷叶托着。另外，还忘不了买几根大葱，半碗酱。娘俩就结结实实地吃了一顿山东饱饭。

侉奶奶的八棵榆树一年一年地长大了。香店的杨老板几次托甲长丁裁缝来探过侉奶奶的口风，问她卖不卖。榆皮，是做香的原料。——这种事由买主亲自出面，总不合适。老街旧邻的。总得有个居间的人出来说话。这样要价、还价，才有余地。丁裁缝来一趟，侉奶奶总是说："树还小咧，叫它再长长。"

人们私下议论：侉奶奶不卖榆树，她是指着它当棺材本哪。

榆树一年一年地长。侉奶奶一年一年地活着，一年一年地纳鞋底。

故里杂记

侉奶奶的生活实在是平淡之至。除了看驴打滚，看孩子捉蚂蚱、捉油葫芦，还有些什么值得一提的事呢？——这些捉蚂蚱的孩子一年比一年大。侉奶奶纳他们穿的鞋底，尺码一年比一年放出来了。

值得一提的有：

有一年，杨家香店的作坊接连着了三次火，查不出起火原因。人说这是"狐火"，是狐狸用尾巴蹭出来的。于是在香店作坊的墙外盖了一个三尺高的"狐仙庙"，常常有人来烧香。着火的时候，满天通红，乌鸦乱飞乱叫，火光照着侉奶奶的八棵榆树也是通红的，像是火树一样。

有一天，不知怎么发现了海潮庵里藏着一窝土匪。地方保安队来捉他们。里面往外打枪，外面往里打枪，乒乒乓乓。最后是有人献计用火攻，——在庵外墙根堆了稻草，放火烧！土匪吃不住劲，只好把枪丢出，举着手出来就擒了。海潮庵就在侉奶奶家前面不远，两边开仗的情形，她看得清清楚楚。她很奇怪，离得这么近，她怎么就不知道庵里藏着土匪呢?

这些,使侉奶奶留下深刻印象,然而与她的生活无关。

使她的生活发生一点变化的是:——

有一个乡下人赶了一头牛进城,牛老了,他要把它卖给屠宰场去。这牛走到越塘边,说什么也不肯走了,跪着,眼睛里叭哒叭哒直往下掉泪。围了好些人看。有人报给甲长丁裁缝。这是发生在本甲之内的事,丁甲长要是不管,将为人神不喜。他出面求告了几家吃斋念佛的老太太,凑了牛价,把这头老牛买了下来,作为老太太们的放生牛。这牛谁来养呢?大家都觉得交侉奶奶养合适。丁甲长对侉奶奶说,这是一甲人信得过她,侉奶奶就答应下了。这养老牛还有一笔基金(牛总要吃点干草呀),就交给侉奶奶放印子。从此侉奶奶就多了几件事:早起把牛放出来,尽它到草地上去吃青草。青草没有了,就喂它吃干草。一早一晚,牵到河边去饮。傍晚拿了收印子钱的摺子,沿街串乡去收印子。晚上,牛就和她睡在一个屋里。牛卧着,安安静静地

故里杂记

倒嚼，侉奶奶可觉得比往常累得多。她觉得骨头疼，半夜了，还没有睡着。

不到半年，这头牛老死了。侉奶奶把放印子的摺子交还丁甲长，还是整天坐在门外纳鞋底。

牛一死，侉奶奶也像老了好多。她时常病病歪歪的，连粥都不想吃，在她的黑洞洞的草屋里躺着。有时出来坐坐，扶着门框往外走。

一天夜里下大雨。瓢泼大雨不停地下了一夜。很多人家都进了水。丁裁缝怕侉奶奶家也进了水了，她屋外的榆树都浸在水里了。他赤着脚走过去，推开侉奶奶的门一看：侉奶奶死了。

丁裁缝派人把她的侄子牛叫了来。

得给侉奶奶办后事呀。侉奶奶没有留下什么钱，牛也拿不出钱，只有卖榆树。

丁甲长找到杨老板。杨老板倒很仁义，说是先不忙谈榆树的事，这都好说，由他先垫出一笔钱来，给侉奶奶买一身老衣，一副杉木棺材，把侉奶奶埋了。

侉奶奶安葬以后，榆树生意也就谈妥了。杨老板雇了人来，咯嗤咯嗤，把八棵榆树都放倒了。新锯倒的榆树，发出很浓的香味。

杨老板把八棵榆树的树皮剥了，把树干卖给了木器店。据人了解，他卖的八棵树干的钱就比他垫出和付给牛的钱还要多。他等于白得了八张榆树皮，又捞了一笔钱。

鱼

臭水河和越塘原是连着的。不知从哪年起，螺蛳坝以下淤塞了，就隔断了。风和人一年一年把干土烂草往河槽里填，河槽变成很浅了，不过旧日的河槽依然可以看得出来。两旁的柳树还能标出原来河的宽度。这还是一条河，一条没有水的干河。

干河的南岸种了菜。北岸有几户人家。这几家都是做嫁妆的，主要是做嫁妆之中的各种盆桶，脚盆、马桶、樻子。这些盆桶是街上嫁妆店的订货，他们并不卖门市。这几家只是本钱不大，材料不多的作坊。这几家的大人、孩子，都是做盆桶的工人。他们整天在门外柳树下锯、刨。他们使用的刨子很特别。木匠使刨子是往前推。桶匠使刨子是往后拉。因为盆桶是圆的，这么使才方便。这种刨子叫做刮刨。盆桶成型后，要用砂纸打一遍。然后上漆。上漆之前，先要用猪血打一道底子。刷了猪血，得晾干。因此老远地就看见干河北岸，绿柳荫中排列着好些通红的盆盆桶桶，看起来很热闹，画出了这几家作坊的一种忙碌的兴旺气象。

桶匠有本钱，有手艺，在越塘一带，比起那些完全靠力气吃饭的挑夫、轿夫要富足一些。和杀猪的庞家就不能相比了。

从侉奶奶家旁边向南伸出的后街到往螺蛳坝方向，拐了一个直角。庞家就在这拐角处，门朝南，正对越塘。他家的地势很高，从街面到屋基，要上七八层台阶。房屋在这一片算是最高大的。房屋盖起的时间不久，砖瓦木料都还很新。檩粗板厚，瓦密砖齐。两边各有两间卧房，正中是一个很宽敞的穿堂。坐在穿堂里，可以清清楚楚看到越塘边和淤塞的旧河交接处的一条从南到北的土路，看到越塘的水，和越塘对岸的一切，眼界很开阔。这前面的新房子是住人的。养猪的猪圈，烧水、杀猪的场屋都在后面。

庞家兄弟三个，各有分工。老大经营擘划，总管一切。老二专管各处收买生猪。他们家不买现成的肥猪，都是买半大猪回来自养。老二带一个伙计，一趟能赶二三十头猪回来。因为杀的猪多，他经常要外出。杀猪是老三的事，——当然要有两个下手伙计。每天五更头，东方才现一点鱼肚白，这一带人家就听到猪尖声嚎叫，知道庞家杀猪了。猪杀得了，放了血，在杀猪盆里用开水烫透，吹气，刮毛。杀猪盆是一种特制的长圆形的木盆，盆帮很高。二百来斤的猪躺在里面，富富有余。杀几头猪，没有一定，按时令不同。少则两头，多则三头四头，到年下人家腌肉时就杀得更多了。因此庞家有四个极大的木盆，几个伙计同时动手洗刮。

这地方不兴叫屠户。也不叫杀猪的，大概嫌这种叫法不好听，大都叫"开肉案子的"。"开"肉案子，是掌柜老板一流，显得身份高了。庞家肉案子生意很好，因为一条东大街上只有这一家肉案子。早起人进人出，剁刀响，铜钱响，票子响。不到晌午，几片猪就卖得差不多了。这里人一天吃的肉都是上午一次买齐，很少下午来割肉的。庞家肉案到午饭后，只留一两块后臀硬肋等待某些家临时来了客人的主顾，留一个人照顾着。一天的生意已经做完，店堂闲下来了。

店堂闲下来了。别的肉案子，闲着就闲着吧。庞家的人可真会想法子。他们在肉案子的对面，设了一道栏柜，卖茶叶。茶叶和猪肉是两码事，怎么能卖到一起去呢？——可是，又为什么一定不能卖到一起去呢？东大街没有一家茶叶店，要买茶叶就得走一趟北市口。有了这样一个卖茶叶的地方，省走好多路。卖茶叶，有一个人盯着就行了。有时叫一个小伙计来支应。有时老大或老三来看一会。有时，庞家的三妯娌之一，也来店堂里坐着，包包茶叶，收收钱。这半间店堂的茶叶店生意很好。

庞家三兄弟一个是一个。老大稳重，老二干

练，老三是个文武全才。他们长得比别人高出一头。老三尤其肥白高大。他下午没事，常在越塘高空场上练石担子、石锁。他还会写字，写刘石庵体的行书。这里店铺都兴装着花桶子。桶子留出一方空白，叫做"桶子心"，可以贴字画。别家都是请人写画的。庞家肉案子是庞老三自己写的字。他大概很崇拜赵子龙。别人家桶心里写的是"春眠不觉晓，处处闻啼鸟"，"夫天地者万物之逆旅，光阴者百代之过客"之类，他写的都是《三国演义》里赞赵子龙的诗。

庞家这三个妯娌，一个赛似一个的漂亮，一个赛似一个的能干。她们都非常勤快。天不亮就起来，烧水，煮猪食，喂猪。白天就坐在穿堂里做针线。都是光梳头，净洗脸，穿得整整齐齐，头上戴着金簪子，手上戴着麻花银镯。人们走到庞家门前，就觉得眼前一亮。

到粥厂放粥，她们就一人拎一个櫊子去打粥。

这不免会引起人们议论："戴着金簪子去打粥！——侉奶奶打粥，你庞家也打粥?!"大家都知道,她们打了粥来是不吃的,——喂猪!因此,越塘、螺蛳坝一带人对庞家虽很羡慕并不亲近。都觉得庞家的人太精了。庞家的人缘不算好。别人也知道,庞家人从心里看不起别人,尤其是这三个女的。

越塘边发生了从未见过的奇事。

这一年雨水特别大,臭水河的水平了岸,水都漫到后街街面上来了。地方上的居民铺户共同商议,决定挖开螺蛳坝,在淤塞的旧河槽挖一道沟,把臭水河的水引到越塘河里去。这道沟只两尺宽。臭水河的水位比越塘高得多。水在沟里流得像一枝箭。

流着,流着,一个在岸边做桶的孩子忽然惊叫起来:

"鱼!"

一条长有尺半的大鲤鱼叭的一声蹦到岸上来了。接着,一条,一条,又一条,鲤鱼!鲤鱼!鲤鱼!

不知从哪里来的那么多的鲤鱼。它们戗着急水往上蹿,不断地蹦到岸上。桶店家的男人、女人、大人、小孩,都奔到沟边来捉鱼。有人搬了脚盆放在沟边,等鲤鱼往里跳。大家约定,每家的盆,放在自己家门口,鱼跳进谁家的盆算谁的。

他们正在商议,庞家的几个人搬了四个大杀猪盆,在水沟流入越塘入口处挨排放好了。人们小声嘟囔:"真是眼尖手快啊!"但也没有办法。不是说谁家的盆放在谁家门口么?庞家的盆是放在庞家的门口(当然他家门口到河槽还有一个距离),庞家杀猪盆又大,放的地方又好,鱼直往里跳。人们不满意。但是好在家家的盆里都不断跳进鱼来,人们不断地欢呼,狂叫,简直好像做着一个欢喜而又荒唐的梦,高兴压过了不平。

这两天,桶匠家家家吃鱼,喝酒。这一辈子没有这样痛快地吃过鱼。一面开怀地嚼着鱼肉,一面还觉得天地间竟有这等怪事:鱼往盆里跳,实在不可思议。

两天后,臭水河的积水流泄得差不多了,螺蛳坝重新堵上,沟里没有水了,也没有鱼了,岸上到处是鱼鳞。

庞家桶里的鱼最多。但是庞家这两天没有吃鱼。他家吃的是鱼籽、鱼脏。鱼呢？这妯娌三个都把来用盐揉了，肚皮里撑一根芦柴棍，一条一条挂在门口的檐下晾着，挂了一溜。

把鱼已经通通吃光了的桶匠走到庞家门前，一个对一个说："真是鱼也有眼睛，谁家兴旺，它就往谁家盆里跳啊！"

正在穿堂里做针线的妯娌三个都听见了。三嫂子抬头看了二嫂子一眼，二嫂子看了大嫂子一眼，大嫂子又向两个弟媳妇都看了一眼。她们低下头来继续做针线，她们的嘴角都挂着一种说不清的表情。是对自己的得意？是对别人的鄙夷？

　　一九八一年六月十八日　承德避暑山庄

云致秋行状

云致秋是个乐天派，凡事看得开，生死荣辱都不太往心里去，要不他活不到他那个岁数。

我认识致秋时，他差不多已经死过一次。肺病。很严重了。医院通知了剧团，剧团的办公室主任上他家给他送了一百块钱。云致秋明白啦：这是让我想吃点什么吃点什么呀！——吃！涮牛肉，一天涮二斤。那阵牛肉便宜，也好买。卖牛肉的和致秋是老街坊，"发孩"，又是个戏迷，致秋常给他找票看戏。他知道致秋得的这个病，就每天给他留二斤嫩的，切得跟纸片儿似的，拿荷叶包着，等着致秋来拿。致秋把一百块钱牛肉涮完了，上医院一检查，你猜怎么着：好啦！大夫直纳闷：这是怎么回事呢？致秋说："我的火炉子好！"他说的"火炉子"

指的是消化器官。当然他的病也不完全是涮牛肉涮好了的,组织上还让他上小汤山疗养了一阵。致秋说:"还是共产党好啊!要不,就凭我,一个唱戏的,上小汤山,疗养——姥姥!"肺病是好了,但是肺活量小了。他说:"我这肺里好些地方都是死膛儿,存不了多少气!"上一趟四楼,到了二楼,他总得停下来,摆摆手,意思是告诉和他一起走的人先走,他缓一缓,一会就来。就是这样,他还照样到楼梓庄参加劳动,到番字牌搞四清,上井冈山去体验生活,什么也没有落下。

除了肺不好,他还有个"犯肝阳"的毛病。"肝阳"一上来,两眼一黑,什么都看不见了。他从口袋里摸出一个干辣椒(他口袋里随时都带几个干辣椒)放到嘴里嚼嚼,闭闭眼,一会就好了。他说他平时不吃辣,"肝阳"一犯,多辣的辣椒嚼起来也不辣。这病我没听说过,不知是一种什么怪病。说来就来,一会儿又没事了。原来在起草一个什么材料。戴上花镜接茬儿下笔千言离题万里地写下去;原来在给人拉胡琴说戏,把合上的弓子抽开,定定弦,接茬儿说;原来在聊天,接茬儿往下聊。海聊穷逗,谈笑风生,一点不像刚刚犯过病。

致秋家贫,少孤。他家原先开一个小杂货铺,不是唱戏的,是外行。——梨园行把本行以外的人和人家都称为"外行"。"外行"就是不是唱戏的,并无褒贬之意。谁家说了一门亲事,俩老太太遇见了,聊起来。一个问:"姑娘家里是干什么的?"另一个回答是干嘛干嘛的,完了还得找补一句:"是外行。"为什么要找补一句呢?因为梨园行的嫁娶,大都在本行之内选择。门当户对,知根知底。因此剧团的演员大都沾点亲,"论"得上,"私底"下都按亲戚辈分称呼。这自然会影响到剧团内部人跟人的关系。剧团领导曾召开大会反过这种习气,但是到了还是没有改过来。

致秋上过学,读到初中,还在青年会学了两年英文。他文笔通顺,字也写得很清秀,而且写得很快。照戏班里的说法是写得很"溜"。他有一桩本事,听报告的时候能把报告人讲的话一字不落地记下来。他曾在邮局当过一年练习生，后来才改了学戏。因此他和一般出身于梨园世家的演员有些不同，有点"书卷气"。

原先在致兴成科班。致兴成散了，他拜了于连萱。于先生原先也是"好角"，后来塌了中，就不再登台，在家教戏为生。

那阵拜师学戏，有三种。一种是按月致送束修的。先生按时到学生家去，或隔日一次，或一个月去个十来次。一种本来已经坐了科，能唱了，拜师是图个名，借先生一点"仙气"，到哪儿搭班，一说是谁谁谁的徒弟，"那没错！"台上台下都有个照应。这就说不上固定报酬了，只是三节两寿——五月节，八月节，年下，师父、师娘生日，送一笔礼。另一种，是"写"给先生的。拜师时立了字据。教戏期间，分文不取。学成之后，给先生效几年力。搭了班，唱戏了，头天晚上开了戏份——那阵都是当天开份，戏没有打住，后台管事都把各人的戏份封好了，第二天，原封交给先生。先生留下若干，剩下的给学生。也有的时候，班里为了照顾学生，会单开一个"小份"，另外封一封，这就不必交先生了。先生教这样的学生，是实授的，真教给东西。这种学生叫做"把手"的徒弟。师徒之间，情义很深。学生在先生家早晚出入，如一家人。

云致秋很聪明，摹仿能力很强，他又有文化，能抄本子，这比口传心授自然学得快得多，于先生很喜欢他。没学几年，就搭班了。他是学"二旦"的，但是他能唱青衣，——一般二旦都只会花旦戏，而且文的武的都能来，《得意缘》的郎霞玉，《银空山》的代战公主，都行。《四郎探母》，他的太后。——那阵班里派戏，都有规矩。比如《探母》，班里的旦角，除了铁镜公主，下来便是萧太后，再下来是四夫人，再下来才是八姐、九妹。谁来什么，都有一定。所开戏份，自有差别。致秋唱了几年戏，不管搭什么班，只要唱《探母》，太后都是他的。

致秋有一条好嗓子。据说年轻时扮相不错，——我有点怀疑。他是一副窄长脸，眼睛不大，鼻子挺长，鼻子尖还有点翘。我认识他时，他已经是干部，除了主演忙，或领导上安排布置，他不再粉墨登场了。我一共看过他两出戏：《得意缘》和《探母》。他那很多地方是死膛肺里的氧气实在不够使，我看他扮着郎霞玉，拿着大枪在台上一通折腾，不停地呼嗤呼嗤喘气，真够他一呛！不过他还是把一出《得意缘》唱下来了。《探母》那回是"大合作"，在京的有名的须生、青衣都参加了，在中山公园音乐堂。那么多的"好角"，可是他的萧太后还真能压得住，一出场就来个碰头好。观众也有点起哄。一来，他确实有个太后的气派，"身上"，穿着花盆底那两步走，都是样儿；再则，他那扮相实在太绝了，京剧演员扮戏，早就改了用油彩。梅兰芳、程砚秋、尚小云，后来都是用油彩。他可还是用粉彩，鹅蛋粉、胭脂，眉毛描得笔直，樱桃小口一点红，活脱是一幅"同光十三绝"，俨然陈德霖再世。

云致秋到底为什么要用粉彩化妆，这是出于一种什么心理，我一直没有捉摸透。问他，他说："粉彩好看！油彩哪有粉彩精神呀！"这是真话么？这是标新（旧）立异？玩世不恭？都不太像。致秋说："粉彩怎么啦，公安局管吗？"公安局不管，领导上不提意见，就许他用粉彩扮戏。致秋是个凡事从众随俗的人，有的时候，在无害于人，无损于事的情况下，也应该容许他发一点小小的狂。这会使他得到一点快乐，一点满足："这就是我——云致秋！"

致秋有个习惯，说着说着话，会忽然把眉毛、眼睛、鼻子"纵"在一起，嘴唇紧闭；然后又用力把嘴张开，把眼睛鼻子挣回原处。这是用粉彩落下的毛病。小时在科班里，化妆，哪儿给你准备蜜呀，用一大块冰糖，拿开水一沏，师父给你抹一脸冰糖水，就往上扑粉。冰糖水干了，脸上绷得难受，老想活动活动肌肉，好松快些，久而久之，成了习惯，几十年也改不了。看惯了，不觉得。生人见面，一定很奇怪。我曾跟致秋说过："你当不了外交部长！——接见外宾，正说着世界大事，你来这么一下，那怎么行？"致秋说："对对对，我当不了外交部长!——我会当外交部长吗?"

致秋一辈子走南闯北,跑了不少码头,搭过不少班,"傍"过不少名角。他给金少山、叶盛章、唐韵笙都挎过刀。他会的戏多,见过的也多,记性又好,甭管是谁家的私房秘本,什么四大名旦,哪叫麒派、马派,什么戏缺人,他都来顶一角,而且不用对戏,拿起来就唱。他很有戏德,在台上保管能把主角傍得严严实实,不撒汤,不漏水,叫你唱得舒舒服服。该你得好的地方,他事前给你垫足了,主角略微一使劲,"好儿"就下来了;主角今天嗓音有点失润,他也能想法帮你"遮"过去,不特别"卯上",存心"啃"你一下。临时有个演员,或是病了,或是家里出了点事,上不去,戏都开了,后台管事急得乱转:"云老板,您来一个!""救场如救火",甭管什么大小角色,致秋二话不说,包上头就扮戏。他好说话。后台嘱咐"马前",他就可以捡掉几句;"马后",他能在台上多"绷"一会。有一次唱《桑园会》,老生误了场,他的罗敷,愣在台上多唱出四句大慢板!——临时旋编词儿。

一边唱，一边想，唱了上句，想下句。打鼓佬和拉胡琴的直纳闷：他怎还唱呀！下来了，问他："您这是哪一派？"——"云派！"他聪明，脑子快，能"钻锅"，没唱过的戏，说说，就上去了，还保管不会出错。他台下人缘也好。从来不"拿糖"、"吊腰子"。为了戏份、包银不合适，临时把戏"砍"下啦，这种事他从来没干过。戏班里的事，也挺复杂，三叔二大爷，师兄，师弟，你厚啦，我薄啦，你鼓啦，我瘪啦，仨一群，俩一伙，你踩和我，我挤兑你，又合啦，又"咧"啦……经常闹纷纷。常言说："宁带千军，不带一班。"这种事，致秋从来不往里掺和。戏班里流传两句"名贤集"式的处世格言，一是"小心干活，大胆拿钱"，一是"不多说，不少道"，致秋是身体力行的。他爱说，但都是海聊穷逗，从不勾心斗角，播弄是非。因此，从南到北，都愿意用他，来约的人不少，他在家赋闲当"散仙"的时候不多。

他给言菊朋挂过二牌，有时在头里唱一出，也有时陪着言菊朋唱唱《汾河湾》一类的"对儿戏"。

这大概是云致秋的艺术生涯登峰造极的时候了。

我曾问过致秋："你为什么不自己挑班?"致秋说："有人撺掇过我。我也想过。不成,我就这半碗。唱二路,我有富裕,挑大梁,我不够。不要小鸡吃绿豆,强努。挑班,来钱多,事儿还多哪。挑班,约人,处好了,火炉子,热烘烘的,处不好,'虱子皮袄',还得穿它,又咬得慌。还得到处请客、应酬、拜门子,我淘不了这份神。这样多好,我一个唱二旦的,不招风,不惹事。黄金荣、杜月笙、袁良、日本宪兵队,都找寻不到我头上。得,有碗醋卤面吃就行啦!"

致秋在外码头搭班唱戏了,所得包银,就归自己了。不过到哪儿,回北京,总得给于先生带回点什么。于先生病故,他出钱买了口好棺材,披麻戴孝,致礼尽哀。

攒了点钱,成了家。媳妇相貌平常,但是性情温厚,待致秋很好,净变法子给他做点好吃的,好让他的"火炉子"烧得旺旺的。

跟云致秋在一起，呆一天，你也不会闷得慌。他爱聊天，也会聊，他的聊天没有什么目的。聊天还有什么目的？——有。有人爱聊，是在显示他的多知多懂。剧团有一位就是这样，他聊完了一段，往往要来这么几句："这种事你们哪知道啊！爷们，学着点吧！"致秋的爱聊，只是反映出他对生活，对人，充满了近于童心的兴趣。致秋聊天，极少臧否人物。"闲谈莫论人非"，他从不发人阴私，传播别人一点不大见得人的秘闻，以博大家一笑。有时说到某人某事，也会发一点善意的嘲笑，但都很有分寸，决不流于挖苦刻薄。他的嘴不损。他的语言很生动，但不装腔作势，故弄玄虚。有些话说得很逗，但不是"隔肢"人，不"贫"。他走南闯北，知道的事情很多，而且每个细节都记得非常清楚，——这真是一种少有的才能，一个小说家必备的才能！这事发生在哪一年，那年洋面多少钱一袋；是樱桃、桑椹下来的时候，还是韭花开的时候，一点错不了。我写过一个关于裘盛戎的剧本，把初稿送给他看过，为了核对一些事实，主要是盛戎到底跟杨小楼合唱过《阳平关》没有。他那时正在生病，给我写了一个字条：

盛戎和杨老板合演《阳平关》实有其事。那是一九三五年，盛戎二十，我十七。在华乐。那天杨老板的三出。头里一出是朱琴心的《采花赶府》（我的丫环）。盛戎那时就有观众，一个引子满堂好。……这大概是致秋留在我这里的唯一的一张"遗墨"了。头些日子我翻出来看过，不胜感慨。

致秋是北京解放后戏曲界第一批入党的党员。在第一届戏曲演员讲习会的时候就入党了。他在讲习会表现好，他有文化，接受新事物快。许多闻所未闻的革命道理，他听来很新鲜，但是立刻就明白了，"是这么个理儿！"许多老艺人对"猴变人"，怎么也想不通。在学习"谁养活谁"时，很多底包演员一死儿认定了是"角儿"养活了底包。他就掰开揉碎地给他们讲，他成了一个实际上的学习辅导员，——虽然讲了半天，很多老艺人还是似通不通。解放，对于云致秋，真正是一次解放，他的翻身感是很强烈的。唱戏的不再是"唱戏低"了，不是下九流了。他一辈子傍角儿。他和挑班的角儿关系处得不错，但他毕竟是个唱二旦的，不能和角儿平起平坐。"是龙有性"，角儿都有角儿的脾气。角儿今天脸色不好，全班都像顶着个雷。入了党，致秋觉得精神上长了一块，打心眼儿里痛快。"从今往后，我不再傍角儿！我傍领导！傍组织！"他回剧团办过扫盲班。这个"盲"真不好扫呀。舞台工作队有个跟包打杂的，名叫赵旺。他本叫赵旺财。《荷珠配》里有个家人，叫赵旺，专门伺候员外吃饭。员外后来穷了，还是一来就叫"赵旺！——我要吃饭了"。"赵旺"和"吃饭"变成了同义语。剧团有时开会快到中午了，有人就提出："咱们该赵旺了吧！"这就是说：该吃饭了。大家就把赵旺财的财字省了，上上下下都叫他赵旺。赵旺出身很苦（他是个流浪孤儿，连自己的出生年月都不知道），又是"工人阶级"，"文化大革命"中就成了几个战斗组争相罗致的招牌，响当当的造反派。

就是这位赵旺老兄，曾经上过扫盲班。那时扫盲没有新课本，还是沿用"人手足刀尺"。云致秋在黑板上写了个"足"字，叫赵旺读。赵旺对着它相了半天面。旁边有个演员把脚伸出来，提醒他。赵旺读出来了："鞋！"云致秋摇摇头。那位把鞋脱了，赵旺又读出来了："哦，袜子。"云致秋又摇摇头。那位把袜子也脱了，赵旺大声地读了出来："脚巴丫子！"（云致秋想：你真行！一个字会读成四个字！）

扫盲班结束了，除了赵旺，其余的都认识了不少字，后来大都能看《北京晚报》了。后来，又办了一期学员班。

学员班只有三个人是脱产的，都是从演员里抽出来的，一个贾世荣，是唱里子老生的，一个云致秋，算是正副主任。还有一个看功的老师马四喜。

马四喜原是唱武花脸的，台上不是样儿，看功却有经验。他父亲就是在科班里抄功的。他有几个特点。一是抽关东烟，闻鼻烟，绝对不抽纸烟。二是肚子里很宽，能读"三列国"，《永庆升平》、《三侠剑》，倒背如流。另一个特点是讲话爱用成语，又把成语的最后一个字甚至几个字"歇"掉。他在学员练功前总要讲几句话：

"同志们，你们可都是含苞待，大家都有绵绣前！这练功，一定要硬砍实，可不能偷工减！千万不要少壮不，将来可就要老大徒啦！——踢腿：走！"

贾世荣是个慢性子，什么都慢。台上一场戏，他一上去，总要比别人长出三五分钟。他说话又喜欢咬文嚼字，引经据典。所据经典，都是戏。他跟一个学员谈话，告诫他不要骄傲："可记得关云长败走麦城之故耳？……"下面就讲开了《走麦城》。从科班到戏班，除此以外，他哪儿也没去过。不知道谁的主意，学员班要军事化。他带操，"立正！报数！齐步走！"这都不错。队伍走到墙根了，他不叫"左转弯走"或"右转弯走"，也不知道叫"立定"，一下子慌了，就大声叫："吁……！"云致秋和马四喜也跟在队后面走。马四喜炸了："怎么碴！把我们全当成牲口啦！"

贾世荣和马四喜各执其事，不负全面责任，学员班的一切行政事务，全面由云致秋一个人操持。借房子，招生，考试，政审，请教员。谁的五音不全，谁的上下身不合。谁正在倒仓，能倒过来不能。谁的半月板扭伤了，谁撕裂了韧带，请大夫，上医院。男生干架，女生斗嘴……事无巨细，都得要管。每天还要说戏。凡是小嗓的，他全包了，青衣、花旦、刀马，唱做念打，手眼身法步，一招一式地教。

学员班结业，举行了汇报演出。剧团的负责人，主要演员都到场看了，——一半是冲着云致秋的面子去的。"咱们捧捧致秋！办个学员班，不易！"——"捧捧！"党委书记讲话，说学员班办得很有成绩，为剧团输送了新的血液。实际上是输送了一些"院子过道"、宫女丫环。真能唱一出的，没有两个。当初办学员班，目的就在招"院子过道"、宫女丫环，没打算让他们唱一出。这一期学员，后来在"文化大革命"中可没少热闹。

致秋后来又当了一任排练科长。排练科是剧团最敏感的部门。演员们说，剧团只有两件事是"过真格"的。一是"拿顶"。"拿顶"就是领工资，——剧团叫"开支"。过去领工资不兴签字，都要盖戳。戳子都是字朝下，如拿顶，故名"戳子拿顶"。一简化，就光剩下"拿顶"了。"嗨，快去，拿顶来!"另一件，是排戏。一个演员接连排出几出戏，观众认可了，噌噌噌，就许能红了。几年不演戏，本来有两下子的，就许窝了回去。给谁排啦，不给谁排啦；派谁什么角色啦，讨俏不讨俏，费力不费力，广告上登不登，戏单上有没有名字……剧团到处喊喊喳喳，交头接耳，咬牙跺脚，两眼发直，整天就是这些事儿。排练科长，官不大，权不小。权这个东西是个古怪东西，人手里有它，就要变人性。说话调门儿也高啦，用的字眼儿也不同啦，神气也变啦。谁跟我不错，"好，有在那里!"谁得罪过我，"小子，你等着吧，只要我当一天科长，你就甭打算痛快!"因此，两任排练科长，没有不招恨的。有人甚至在死后还挨骂:"×××，真他妈不是个东西!"云致秋当了两年排练科长，风平浪静。他排出来的戏码，定下的"人位"

（戏班把分派角色叫做"定人位"），一碗水端平，谁也挑不出什么来。有人给他家装了一条好烟，提了两瓶酒，几斤苹果，致秋一概婉词拒绝："哥们！咱们不兴这个！我要不想抽您那条大中华，喝您那两瓶西凤，我是孙子！可我现在在这个位置上，不能让人戳我的脊梁骨。您拿回去！咱们天知地知，你知我知，就当没有这回事！"

后来致秋调任了办公室副主任，——主任是贾世荣。

他这个副主任没地儿办公。办公室里会计、出纳、总务、打字员，还有贾主任独据一张演《林则徐》时候特制的维多利亚时代硬木雕花的大写字台（剧团很多家具都是舞台上撤下来的大道具），都满了。党委办公室还有一张空桌子，"得来，我就这儿就乎就乎吧！"我们很欢迎他来，他来了热闹。他不把我们看成"外行"，对于从老解放区来的，部队下来的，老郭、老吴、小冯、小梁，还有像我这样的"秀才"，天生来有一种好感。我们很谈得来。他事实上成了党委会的一名秘书。党委和办公室的工作原也不大划得清。在党委会工作的几个人,没有十分明确的分工。有了事,大家一齐动手;没事,也可以瞎聊。致秋给自己的工作概括成为四句话:跑跑颠颠,上传下达,送往迎来,喜庆堂会。

党委会经常要派人出去开会。有的会,谁也不愿去,就说:"嗨,致秋,你去吧!""好,我去!"市里或区里布置春季卫生运动大检查、植树、"交通安全宣传周",以及参加刑事杀人犯公审(公审后立即枪决)……这都是他的事。回来,传达。他的笔记记得非常详细,有闻必录。让他念念笔记,他开始念了:"张主任主持会议。张主任说:'老王,你的糖尿病好了一点没有?'……"问他会议的主要精神是什么,什么是张主任讲话的要点,答曰"不知道。"他经常起草一些向上面汇报的材料,翻翻笔记本,摊开横格纸就写,一写就是十来张。写到后来,写不下去了,就叫我:"老汪,你给我瞧瞧,我这写的是什么呀?"我一看:逦逦拉拉,噜苏重复,不知所云。他写东西还有个特点,不分段，从第一个字到末一个句号，一气到底，一大篇！经常得由我给他"归置归置"，重新整理一遍。他看了说："行！你真有两下。"我说："你写之前得先想想，想清楚再写呀。李笠翁说，要袖手于前，才能疾书于后哪！"——"对对对！我这是疾书于前，袖手于后！写到后来，没了辙了！"

他的主要任务，实际是两件。一是做上层演员的统战工作。剧团的党委书记曾有一句名言：剧团的工作，只要把几大头牌的工作做好，就算搞好了一半（这句话不能算是全无道理，可是在"文化大革命"中成为群众演员最为痛恨的一条罪状）。云致秋就是搞这种工作的工具。另一件，是搞保卫工作。

致秋经常出入于头牌之门，所要解决的都是些难题。主要演员彼此常为一些事情争，争剧场（谁都愿上工人俱乐部、长安、吉祥，谁也不愿去海淀，去圆恩寺……），争日子口（争节假日，争星期六、星期天），争配角，争胡琴，争打鼓的。致秋得去说服其中的一个顾全大局，让一让。最近

"业务"不好，希望哪位头牌把本来预订的"歇工戏"改成重头戏；为了提拔后进，要请哪位头牌"捧捧"一个青年演员，跟她合唱一出"对儿戏"；领导上决定，让哪几个青年演员"拜"哪几位头牌，希望头牌能"收"他们……这些等等，都得致秋去说。致秋的工作方法是进门先不说正事，三叔二舅地叫一气，插科打诨，嘻嘻哈哈，然后才说："我今儿来，一来是瞧瞧您，再，还有这么档事……"他还有一个偏方，是走内线。不找团长（头牌都是团长、副团长），却找"团太"。这是戏班里兴出来的特殊称呼，管团长的太太叫"团太"。团太知道他无事不登三宝殿，有时绷着脸："三婶今儿不高兴，给三婶学一个！"致秋有一手绝活：学人。甭管是台上、台下，几个动作，神情毕肖。凡熟悉梨园行的，一看就知道是谁。他经常学的是四大须生出场报名，四人的台步各有特色，音色各异，对比鲜明。"漾（杨）抱（宝）森"（声音浑厚，有气无力）；"谭富音（英）"（又高又急又快，"英"字抵腭不穿鼻，读成"鬼音"）；"奚啸伯"

（嗓音很细，"奚、啸"皆读尖字，"伯"字读为入声）；"马——连——良呃！"（吊儿郎当，满不在乎）。逗得三婶哈哈一乐："什么事？说吧！"致秋把事情一说。"就这么点事儿呀？嗐！没什么大不了的！行了，等老头子回来，我跟他说说！"事情就算办成了。

党委会的同志对他这种作法很有意见。有时小冯或小梁跟他一同去，出了门就跟他发作："云致秋！你这是干什么！——小丑！"——"是小丑！咱们不是为把这点事办圆全了吗？这是党委交给我的任务，我有什么办法？你当我愿意哪！"

云致秋上班有两个专用的包。一个是普通双梁人造革黑提包，一个是带拉链、有一把小锁的公文包。他一出门，只要看他的自行车把上挂的是什么包，就知道大概是上哪里去。如果是双梁提包，就不外是到区里去，到文化局或是市委宣传部去。如果是拉锁公文包，就一定是到公安局去。大家还知道公文包里有一个蓝皮的笔记本。这笔记本是编了号的，并且每一页都用打号机打了页码。这里记的都是有关治安保卫的材料。材料有的是公安局传达的，有的是他向公安局汇报的。这些笔记本是绝对保密的。他从公安局开完会，立刻回家，把笔记本锁在一口小皮箱里。云致秋那么爱说，可是这些笔记本里的材料，他绝对守口如瓶，没有跟任何人谈过。谁也不知道这里面写的是什么，不少人都很想知道。因为他们知道这些材料关系到很多人的命运。出国或赴港演出，谁能去，谁不能去；谁不能进人民大会堂，谁不能到小礼堂演出；到中南海给毛主席演戏，名单是怎么定的……这些等等，云致秋的小本本都起着作用。因为那只拉锁公文包和包里的蓝皮笔记本，使很多人暗暗地对云致秋另眼相看，一看见他登上车，车把上挂着那个包，就彼此努努嘴，暗使眼色。这些笔记本，在云致秋心里，是很有分量的。他感到党对自己的信任，也为此觉得骄傲，有时甚至有点心潮澎湃，壮怀激烈。

因为工作关系，致秋不但和党委书记、团长随时联系，和文化局的几位局长也都常有联系。主管戏曲的、主管演出的和主管外事的副局长，经常来电话找他。这几位局长的办公室，家里，他都是推门就进。找他，有时是谈工作，有时是托他办点私事，——在全聚德订两只烤鸭，到前门饭店买点好烟、好酒……有时甚至什么也不为，只是找他来瞎聊，解解闷（少不得要喝两盅）。他和局长们虽未到了称兄道弟的程度，但也可以说是"忘形到尔汝"了。他对局长，从来不称官衔，人前人后，都是直呼其名。他在局长们面前这种自由随便的态度很为剧团许多演员所羡慕，甚至嫉妒。他们很纳闷：云致秋怎么能和头儿们混得这样熟呢？

致秋自己说的"四大任务"之一的"喜庆堂会"，不是真的张罗唱堂会——现在还有谁家唱堂会呢？第一是张罗拜师。有一阵戏曲界大兴拜师之风。领导上提倡，剧团出钱。只要是看来有点出息的演员，剧团都会由一个老演员把他（她）们带着，到北京来拜一个名师。名演员哪有工夫教戏呀？他们大都有一个没有嗓子可是戏很熟的大徒弟当助教。外地的青年演员来了，在北京住个把月，跟着大师哥学一两出本门的戏，由名演员的琴师说说唱腔，临了，走给老师看看，老师略加指点，说是"不错!"这就高高兴兴地回去，在海报上印上"×××老师亲授"字样，顿时身价十倍，提级加薪。到北京来，必须有人"引见"。剧团的老演员很多都是先投云致秋，因为北京的名演员的家里，致秋哪家都能推门就进。拜师照例要请客。文化局的局长、科长，剧团的主要演员、琴师、鼓师，都得请到。云致秋自然少不了。致秋这辈子经手操办过的拜师仪式，真是不计其数了。如果你愿意听，他可以给你报一笔总账，保管落不下一笔。

致秋忙乎的另一件事是帮着名角办生日。办生日不过是借名请一次客。致秋是每请必到，大都是头一个。他既是客人，也一半是主人，——负责招待。他是不会忘记去吃这一顿的，名角们的生辰他都记得烂熟。谁今年多大，属什么的，问他，张口就能给你报出来。

我们对致秋这种到处吃喝的作风提过意见。他说："他们愿意请，不吃白不吃!"

致秋火炉子好，爱吃喝，但平常家里的饭食也很简单。有一小包天福的酱肘子,一碟炒麻豆腐,就酒菜、饭菜全齐了。他特别爱吃醋卤面。跟我吹过几次,他一做醋卤,半条胡同都闻见香。直到他死后,我才弄清楚醋卤面是一种什么面。这是山西"吃儿"(致秋原籍山西)。我问过山西人,山西人告诉我:"嗐!茄子打卤,搁上醋!"这能好吃到哪里去?然而我没能吃上致秋亲手做的醋卤面,想想还是有些怅然,因为他是诚心请我的。

"文化大革命"一来,什么全乱了。

京剧团是个凡事落后的地方,这回可是跑到前面去了。一夜之间,剧团变了模样。成立了各色各样,名称奇奇怪怪的战斗组。所有的办公室、练功厅、会议室、传达室,甚至堆煤的屋子、烧暖气的锅炉间、做刀枪靶子的作坊……全都给瓜分占领了。不管是什么人,找一个地方,打扫一番,搬来一些箱箱柜柜,都贴了封条,在门口挂出一块牌子,这就是他们的领地了。——只有会计办公室留下了,因为大家知道每个月月初还得"拿顶",得有个地方让会计算账。大标语，大字报，高音喇叭，语录歌，五颜六色，乱七八糟。所有的人都变了人性。"小心干活，大胆拿钱"，"不多说，不少道"，全都不时兴了。平常挺斯文的小姑娘，会站在板凳上跳着脚跟人辩论，口沫横飞，满嘴脏字，完全成了一个泼妇。连贾世荣也上台发言搞大批判了。不过他批远不批近，不批团领导、局领导，他批刘少奇，批彭真。他说的都是报上的话，但到了他嘴里都有点"上韵"的味道。他批判这些大头头，不用"反革命修正主义"之类的帽子，他一律称之为"××老儿！"云致秋在下面听着，心想：真有你的！大家听着他满口"××老儿"，都绷着。一个从音乐学院附中调来的弹琵琶的女孩终于忍不住噗嗤一声笑出来了。有一回，他又批了半天"××老儿"，下面忽然有人大声嚷嚷："去你的'××老儿'吧！你给他们捧的臭脚还少哇！——下去啵你！"这是马四喜。从此，贾世荣就不再出头露面。他自动地走进了牛棚。进来跟"黑帮"们抱拳打招呼，说："我还是这儿好。"

从学员班毕业出来的这帮小爷可真是神仙一样的快活。他们这辈子没有这样自由过，没有这样随心所欲，想干什么就干什么过。他们跟社会上的造反团体挂钩，跟"三司"，跟"西纠"，跟"全艺造"，到处拉关系。他们学得很快。社会上有什么，剧团里有什么。不过什么事到了他们手里，就都还有所发明，有所创造，有所前进，就都带上了京剧团的特点，也更加闹剧化。京剧团真是藏龙卧虎哇！一下子出了那么多司令、副司令，出了那么多理论家，出了那么多笔杆子（他们被称为刀笔）和那么多"浆子手"。——这称谓是京剧团以外所没有的，即专门刷大字报浆糊的。戏台上有"牢子手"、"刽子手"，专刷浆子的于是被称为"浆子手"。赵旺就是一名"浆子手"。外面兴给黑帮挂牌子了，他们也挂！可是他们给黑帮挂的牌子却是外面见不到的：《拿高登》里的石锁，《空城计》诸葛亮抚的瑶琴，《女起解》苏三戴的鱼枷。——这些"砌末"上自然都写了黑帮的姓名过犯。外面兴游街，他们也得让黑帮游游。几个战斗组开了联席会议，会上决定，给黑帮"扮上"：给这些"敌人"勾上阴阳脸，戴上反王盔，插一根翎子，穿上各色各样古怪戏装，让黑帮打着锣，自己大声报名，谁声音小了，就从后腰眼狠狠地杵一锣槌。

马四喜跟这些小将不一样。他一个人成立一个战斗组。他这个战斗组随时改换名称，这些名称多半与"独"字有关，一会叫"独立寒秋战斗组"，一会叫"风景这边独好战斗组"。用得较久的是"不顺南不顺北战士"（北京有一句俗话："骑着城埔骂鞑子，不顺南不顺北"）。团里分为两大派，他哪一派不参加，所以叫"不顺南不顺北"。他上午睡觉。下午写大字报。天天写，谁都骂，逮谁骂谁。晚上是他最来精神的时候。他自愿值夜，看守黑帮。看黑帮，他并不闲着，每天找一名黑帮"单个教练"。他喝完了酒，沏上一壶酽茶，抽上关东烟，就开始"单个教练"了。所谓"单个教练"，是他给黑帮上课，讲马列主义。黑帮站着，他坐着。一教练就是两个小时，从十二点到次日凌晨两点，准时不误。

（不知道为什么，他没有把我叫去"教练"过，因此，我不知道他讲马列主义时是不是也是满口的歇后成语。要是那样，那可真受不了！）

云致秋完全懵了。他从旧社会到新社会形成的、维持他的心理平衡的为人处世哲学彻底崩溃了。他不但不知道怎么说话，怎么待人，甚至也不知道怎么思想。他习惯了依靠组织，依靠领导，现在组织砸烂了，领导都被揪了出来。他习惯于有事和同志们商量商量，现在同志们一个个都难于自保，谁也怕担干系，谁也不给谁拿什么主意。他想和老伴谈谈，老伴吓得犯了心脏病躺在床上，他什么也不敢跟她说。他发现他是孤孤仃仃一个人活在这个乱乱糟糟的世界上，这可真是难哪！每天都听到熟人横死的消息。言慧珠上吊了（他是看着她长大的）。叶盛章投了河（他和他合演过《酒丐》）。侯喜瑞一对爱如性命的翎子叫红卫兵撅了（他知道这对翎子有多长）。裘盛戎演《姚期》的白满叫人给铰了（他知道那是多少块现大洋买的）。……"今夜脱了鞋，不知明天来不来"。谁也保不齐今天会发生什么事。过一天，算一日！云致秋倒不太担心被打死，他担心被打残废了，那可就恶心了！每天他还得上团里去。老伴每天都嘱咐："早点回来！"——"晚不了！"每天回家，老伴都得问一句："回来了？——没什么事？"——"没事。全须全尾——吃饭！"好像一吃饭，他今天就胜利了，这会至少不会有人把他手里的这杯二锅头夺过去泼在地上！不过，他喝着喝着酒，又不禁重重地叹气："唉！这乱到多会儿算一站？"

云致秋在"文化大革命"中做了三件他在平时绝不会做的事。这三件事对致秋以后的生活产生了相当深远的影响。

一件是揭发批判剧团的党委书记。他是书记的亲信，书记有些直送某某首长"亲启"的机密信件都是由致秋用毛笔抄写送出的。他不揭发，就成了保皇派。他揭发了半天，下面倒都没有太强烈的反应，有一个地方，忽然爆发出哄堂的笑声。致秋说："你还叫我保你！——我保你，谁保我呀！"这本来是一句大实话，这不仅是云致秋的真实思想，也是许多人灵魂深处的秘密，很多人"造反"其实都是为了保住自己。不过这种话怎么可以公开地，在大庭广众之前说出来呢？于是大家觉得可笑，就大声地笑了，笑得非常高兴。他们不是笑自己的自私，而是笑云致秋的老实。

第二件，是他把有关治安保卫工作的材料，就是他到公安局开会时记了本团有关人事的蓝皮笔记本，交出去了。那天他下班回家，正吃饭，突然来了十几个红卫兵："云致秋！你他妈的还喝酒！跪下！"红卫兵随即展读了一道"勒令"，大意谓：云致秋平日专与人民为敌，向反动的公检法多次提供诬陷危害革命群众的黑材料。是可忍熟（原文如此）不可忍。云致秋必须立即将该项黑材料交出，否则后果自负。"后果自负"是具有很大威力的恐吓性的词句，云致秋糊里糊涂地把放这些材料的皮箱的钥匙交给了革命群众。革命群众拿到材料，点点数目，几个人分别装在挎包里，登上自行车，呼啸而去。

第二天上班，几个党员就批评他。"这种材料怎么可以交出去?"——"他们说这是黑材料。"——"这是黑材料吗?你太软弱了!如果国民党来了,你怎么办!你还算个党员吗?"——"我怕他们把我媳妇吓死。"这也是一句实情话,可是别人是不会因此而原谅他的。当时事情也就过去了,后来到整党时,他为这件事多次通不过,他痛哭流涕地检查了好多回。他为这件事后悔了一辈子。他知道,以后他再也不适合干带机要性质的工作了。

第三件,是写了不少揭发材料,关于局领导的,团领导的。这些材料大都不是什么重大政治问题,都是些鸡毛蒜皮的生活小事。但是这些材料都成了斗争会上的炮弹,虽然打不中要害,但是经过添油加醋,对"搞臭"一个人却有作用。被批判的人心里明白,这些材料是云致秋提供的,只有他能把时间、地点、事情的经过记得那样清楚。

除了陪着黑帮游了两回街,听了几次马四喜的"单个教练",云致秋在"文化大革命"中没有受太大的罪。他是旧党委的"黑班底",但够不上是走资派，他没有进牛棚，只是由革命群众把他和一些中层干部集中在"干部学习班"学习，学毛选，写材料。后来两派群众热中于打派仗，也不大管他们，他觉得心里踏实下来，在没人注意他们时，他又悄悄传播一些外面的传闻，而且又开始学人、逗乐了。干部学习班的空气有时相当活跃。

云致秋"解放"得比较早。

成立了革委会。上面指示：要恢复演出。团里的几出样板戏，原来都是云致秋领着到样板团去"刻模子"刻出来的，他记性好，能把原剧复排出来。剧中有几个角色有政治问题，得由别人顶替，这得有人给说。还有几个红五类的青年演员要培养出来接班。军代表、工宣队和革委会的委员们一起研究：还得把云致秋"请"出来。说是排戏，实际上是教戏。

云致秋爱教戏，教戏有瘾，也会教。有的在北京、天津、南京已经颇有名气的演员，有时还特意来找云致秋请教，不管哪一出，他都能说出个么二三，官中大路是怎样的，梅在哪里改了改，程在哪里走的是什么，简明扼要，如数家珍。单是《长坂坡》的"抓帔"，我就见他给不下七八个演员说过。只要高盛麟来北京演出《长坂坡》，给盛麟配戏的旦角都得来找致秋。他教戏还是有教无类，什么人都给说。连在党委会工作的小梁，他都愣给她说了一出《玉堂春》，一出《思凡》。

不过培养这几个红五类接班人，可把云致秋给累苦了。这几个接班人完全是"小老斗"，连脚步都不会走，致秋等于给她们重新开蒙。他给她们"掰扯"嘴里，"抠嗤"身上，得给她们说"范儿"。"要先有身上，后有手"，"劲儿在腰里，不在肩膀上"，"先出左脚，重心在右脚，再出右脚，把重心移过来"……他帮她们找共鸣，纠正发音位置，哪些字要用丹田，哪些字"嘴里唱"就行了。有一个演员嗓音缺乏弹性，唱不出"擞音"，声音老是直的，他恨不得钻进她的嗓子，提喽着她的声带让它颤动。好不容易，有一天，这个演员有了一点"擞"，云致秋大叫了一声："我的妈呀，你总算找着了！"致秋一天三班，轮番给这几位接班人说戏，每说一个"工时",得喝一壶开水。

致秋教学生不收礼,不受学生一杯茶。剧团有这么一个不成文的规矩,老师来教戏,学生得给预备一包好茶叶。先生把保温杯拿出来,学生立刻把茶叶折在里面,给沏上,闷着。有的老师就有一个杯子由学生保存,由学生在提兜里装着,老师来到,茶已沏好。致秋从不如此,他从来是自己带着一个"瓶杯"——玻璃水果罐头改制的,里面装好了茶叶。他倒有几个很好看的杯套,是女生用玻璃丝编了送他的。

于是云致秋又成了受人尊敬的"云老师","云老师"长,"云老师"短,叫得很亲热。因为他教学有功,几出样板戏都已上演,有时有关部门招待外国文化名人的宴会,他也收到请柬。他的名字偶尔在报上出现,放在"知名人士"类的最后一名。"还有知名人士×××、×××云致秋"。干部学习班的"同学"有时遇见他,便叫他"知名人士",云致秋:"别逗啦!我是'还有'!"

在云致秋又"走正字"的时候,他得了一次中风,口眼歪斜。他找了小孔。孔家世代给梨园行瞧病,演员们都很信服。致秋跟小孔大夫很熟。小孔说:"你去找两丸安宫牛黄来,你这病,我包治!"两丸安宫牛黄下去,吃了几剂药,真好了。致秋拄了几天拐棍,后来拐棍也扔了,他又来上班了。

"致秋,又活啦!"

"又活啦。我寻思这回该上八宝山了,没想到,到了五棵松,我又回来啦!"

"还喝吗?"

"还喝!——少点。"

打倒"四人帮",百废俱兴,政策落实,没想到云致秋倒成了闲人。

原来的党委书记兼团长调走了。新由别的剧团调来一位党委书记兼团长。辛团长(他姓辛)和云致秋原来也是老熟人,但是他带来了全部班底,从副书记到办公室、政工、行政各部门的主任、会计出纳、医务室的大夫,直到扫楼道的工人、看传达室的……他没有给云致秋安排工作。局里的几位副局长全都"起复"了,原来分工干什么的还干什么。有人劝致秋去找找他们,致秋说:"没意思。"这几位头头,原来三天不见云致秋,就有点想他。现在,他们想不起他来了。局长们的胸怀不会那样狭窄,他们不会因为致秋曾经揭发过他们的问题而耿耿于怀,只是他们对云致秋的感情已经很薄了。有时有人在他们面前提起致秋,他们只是淡淡地说:"云致秋,还是那么爱逗吗?"

致秋是个热闹惯了、忙活惯了的人,他闲不住。闲着闲着,就闲出病来了。病走熟路,他那些老毛病挨着个儿来找他,他于是就在家里歇病假,哪儿也不去。他的工资还是团里领,每月月初,由他的女儿来"拿顶",他连团里大门也不想迈。

他的老伴忽然死了,死于急性心肌梗死。这对于致秋的打击是难以想象的。他整个的垮了。在他老伴的追悼会上,他站不起来,只是瘫坐在一张椅子里,不停地流泪。熟人走过,跟他握手,他反复地说:"我完了!我完了!"老伴火化了,他也就被送进了医院。

他出院后,我和小冯、小梁去看他。他精神还好,见了我们挺高兴。

"哎呀,你们几位还来呀!——我这儿现在没有什么人来了!"

我们给他带了一点水果,一只烧鸡,还有一瓶酒。他用手把烧鸡撕开,喝起来。

喝着酒,他说:"老汪,小冯,小梁,我告诉你们,我活不了多久了。"

我们都说:"别瞎说!你现在挺好的。"

"不骗你们!这一阵我老是做梦,梦见我媳妇。昨儿夜里还梦见。我出外,她送我。跟真事一模一样。那年,李世芳坐飞机摔死那年,我要上青岛去。下大雨。前门火车站前面水深没脚脖子。她蹚着水送我。火车快开了,她说:'咱们别去了!咱们不挣那份钱!'那回她是这么说来着。一样!清清楚楚,说话的声音,神气!快了,我们就要见面了。"

小冯说:"你是一个人在家里闷的,胡思乱想!

身体再好些,外边走走,找找熟人,聊聊!"

"我原说我走在她头里,没想到她倒走在我头里。一辈子的夫妻,没红过脸。现在我要换衣服,得自己找了。——我女儿她们不知道在哪儿。这是怎么话说的,就那么走了!"

又喝了两杯酒,他说,像是问我们,又像是自言自语:

"我这也是一辈子。我算个什么人呢?"

小冯调到戏校管人事,她和戏校的石校长说:"云致秋为什么老让他闲着?他还能发挥作用。咱们还缺教员,是不是把他调过来?"

石校长一听,立刻同意:"这个人很有用!他们不要,我们要!你就去办这件事!"

小冯找到致秋,致秋欣然同意。他说:"过了冬天,等我身体好一点,不太喘了,就去上班。"

我因事到南方去转了一圈,回来时,听小梁说:"云致秋死了。"

"什么病?"

"他的病多了！前一阵他觉得身体好了些，想到戏校上班。别人劝他再休息休息。他弄了一架录音机，对着录音机说戏，想拿到戏校给学生先听着。接连说了五天，第六天，不行了。家里没有人。邻居老关发现了，赶紧叫了几个人，弄了一辆车，把他送到医院，到了医院，已经没有脉了。他在车上人还清楚，还说了一句话：'给我一条手绢'。车上人很急乱，他的声音很小，谁也没注意，只老关听见了。"

这时候，他要一条手绢干什么？"给我一条手绢"是他最后说的一句话，但是这大概不能算是"遗言"。

要给致秋开追悼会。我们几个人算是他的老战友了，大家都说："去，一定去！别人的追悼会可以不去，致秋的追悼会一定得去！"

我们商量着要给致秋送一副挽联。我想了想，拟了两句。小梁到荣宝斋买了两张云南宣，粘接好了，我试了试笔，就写起来：

跟着谁，傍着谁，立志甘当二路角；

会几出，教几出，课徒不受一杯茶。

大家看了，都说："贴切。"

论演员，不过是二路；论职务，只是办公室副主任和戏校教员，我们知道，致秋的追悼会的规格是不会高的，——追悼会也讲规格，真是叫人丧气！但是没有想到会是这样凄惨。来的人很少。一个小礼堂，稀稀落落地站了不满半堂人。戏曲界的名人，致秋的"生前友好"，甚至他教过的学生，很多都没有来。来的都是剧团的一些老熟人：贾世荣、马四喜、赵旺……花圈倒不少，把两边墙壁都摆满了。这是向火葬场一总租来的。落款的人名好些是操办追悼会的人自作主张地写上去的，本人都未必知道。挽联却只有我们送的一副，孤零零的，看起来颇有点嘲笑的味道。石校长致悼词。上面供着致秋的遗像。致秋大概第一次把照片放得这样大。小冯入神地看着致秋的像，轻轻地说："致秋这张像拍得很像。"小梁点点头:"很像!"

我们到后面去向致秋的遗体告别。我参加追悼会,向来不向遗体告别,这次是破例。致秋和生前一样,只是好像瘦小了些。头发发干了,干得像草。脸上很平静。一个平日爱跟致秋逗的演员对着致秋的脸端详了很久,好像在想什么。他在想什么呢?该不会是想:你再也不能把眉毛眼睛鼻子纵在一起了吧?

天很晴朗。

我坐在回去的汽车里,听见一个演员说了一句什么笑话,车里一半人都笑了起来。我不禁想起陶渊明的《拟挽歌辞》:"向来相送人,各自还其家。亲戚或余悲,他人亦已歌。"不过,在云致秋的追悼会后说说笑话,似乎是无可非议的,甚至是很自然的。

致秋死后,偶尔还有人谈起他:"致秋人不错。"

"致秋教戏有瘾。他也会教,说的都是地方,能说到点子上。——他会得多,见得也多。"

最近剧团要到香港演出,还有人念叨:"这会要是有云致秋这样一个又懂业务,又能做保卫工作的党员,就好了!"

一个人死了,还会有人想起他,就算不错。

一九八三年七月二日写完,为纪念一位亡友而作

金冬心

召应博学鸿词杭郡金农字寿门别号冬心先生、稽留山民、龙梭仙客、苏伐罗吉苏伐罗,早上起来觉得很无聊。他刚从杭州扫墓回来。给祖坟加了加土,吩咐族侄把聚族而居的老宅子修理修理,花了一笔钱。杭州官员馈赠的程仪殊不丰厚,倒是送了不少花雕和莼菜,坛坛罐罐,装了半船。装莼菜的磁罐子里多一半是西湖水。我能够老是饮花雕酒喝莼菜汤过日脚么?开玩笑!

他是昨天日落酉时回扬州的。刚一进门,洗了脸,给他装裱字画、收拾图书的陈聋子就告诉他:袁子才把十张灯退回来了。是托李馥馨茶叶庄的船带回来的。附有一封信。另外还有十套《随园诗话》。金冬心当时哼了一声。

去年秋后,来求冬心先生写字画画的不多,他又买了两块大砚台,一块红丝碧端,一块蕉叶白,手头就有些紧。进了腊月,他忽然想起一个主意:叫陈聋子用乌木做了十张方灯的架子,四面由他自己书画。自以为这主意很别致。他知道他的字画在扬州实在不大卖得动了,——太多了,几乎家家都有。过了正月初六,就叫陈聋子搭了李馥馨的船到南京找袁子才,托他代卖。凭子才的面子,他在南京的交往,估计不难推销出去。他希望一张卖五十两。少说,也能卖二十两。不说别的,单是乌木灯架,也值个三两二两的。那么,不无小补。

袁子才在小仓山房接见了陈聋子,很殷勤地询问了冬心先生的起居,最近又有什么轰动一时的诗文,说:"灯是好灯!诗、书、画,可称三绝。先放在我这里吧。"

金冬心原以为过了元宵,袁子才就会兑了银子来。不想过了清明,还没有消息。现在,退回来了!

袁枚的信写得很有风致:"……金陵人只解吃鸭

腴,光天白日,尚无目识字画,安能于灯光烛影中别其媸妍耶?……"

这个老奸巨猾!不帮我卖灯,倒给我弄来十部《诗话》,让我替他向扬州的鹾贾打秋风!——俗!晚上吃了一碗鸡丝面,早早就睡了。今天一起来,很无聊。

喝了几杯苏州新到的碧螺春,念了两遍《金刚经》,趿着鞋,到小花圃里看了看。宝珠山茶开得正好,含笑也都有了骨朵了。然而提不起多大兴致。他惦记着那十盆兰花。他去杭州之前,瞿家花园新从福建运到十盆素心兰。那样大的一盆,每盆不愁有百十个箭子!索价五两一盆,不贵!要是袁子才替他把灯卖出去,这十盆建兰就会摆在他的小花圃苇棚下的石条上。这样的兰花,除了冬心先生,谁配?然而……他踱回书斋里,把袁枚的信摊开又看了一遍,觉得袁枚的字很讨厌,而且从字里行间嚼出一点挖苦的意味。他想起陈聋子描绘的随园:有几棵柳树,几块石头,有一个半干的水池子,池子边种了十来棵木芙蓉,到处是草,草里有蜈蚣……这样一个破园子，会是江宁织造的大观园么？可笑！此人惯会吹牛，装模作样！他顺手把《随园诗话》打开翻了几页，到处是倚人自重，借别人的赏识，为自己吹嘘。有的诗，还算清新，然而，小聪明而已。正如此公自道："诗被人嫌只为多！"再看看标举的那些某夫人、某太夫人的诗，都不见佳。哈哈，竟然对毕秋帆也揄扬了一通！毕秋帆是什么？——商人耳！郑板桥对袁子才曾作过一句总评，说他是"斯文走狗"，不为过分！他觉得心里痛快了一点，——不过，还是无聊。他把陈聋子叫来，问问这些天有什么函件简帖。陈聋子捧出了一叠。金冬心拆看了几封，都没有什么意思，问："还有没有？"

陈聋子把脑门子一拍，说："有！——我差一点忘了，我把它单独放在拜匣里了：程雪门有一张请帖，来了三天了！"

"程雪门？"

"对对对！请你陪客。""请谁？""铁大人。""哪个铁大人？"

"新放的两淮盐务道铁保珊铁大人。"

"几时?"

"今天！中饭！平山堂！"

"你多误事！——去把帖子给我拿来！——去订一顶轿子！——你真是！——快去！——哎哟！"

金冬心开始觉得今天有点意思了。

等着催请了两次，到第三次催请时，冬心先生换了衣履，坐上轿子，直奔平山堂。

程雪门是扬州一号大盐商，今天宴请新任盐务道，非比寻常！果然，等金冬心下了轿，往平山堂一看，只见扬州的名流显贵都已到齐。藩臬二司、河工漕运、当地耆绅、清客名士，济济一堂。花翎补服，辉煌耀眼；轻衣缓带，意态萧闲。程雪门已在正面榻座上陪着铁保珊说话，一眼看见金冬心来了，站起身来，铁保珊早抢步迎了出来。"冬心先生！久仰！久仰得很哪！""岂敢岂敢！臣本布衣，幸瞻丰采！铁大人从都里来，一路风霜，辛苦了！""请！""请！请！"

铁保珊拉了金冬心入座。程雪门道了一声"得罪!"自去应酬别的客人。大家只见铁保珊倾侧着身子和金冬心谈得十分投机,金冬心不时点头拊掌,不知他们谈些什么,不免悄悄议论。"雪门今天请金冬心来陪铁保珊,好大的面子!""听说是铁保珊指名要见的。""金冬心这时候才来,架子搭得不小!""看来他的字画行情要涨!"

少顷宴齐,更衣入席。平山堂中,雁翅般摆开了五桌。正中一桌,首座自然是铁保珊。次座是金冬心。金冬心再三谦让,铁保珊一把把他按得坐下,说:"你再谦,大家就不好坐了!"金冬心只得从命。程雪门在这桌的主座上陪着。

今天的酒席很清淡。铁大人接连吃了几天满汉全席,实在是没有胃口,接到请帖,说:"请我,我到!可是我只想喝一碗晚米稀粥,就一碟香油拌疙瘩丝!"程雪门说一定照办。按扬州请客的规矩,菜单曾请铁保珊过了目。凉碟是金华竹叶腿、宁波瓦楞明蚶、黑龙江熏鹿脯、四川叙府糟蛋、兴化醉蛏鼻、东台醉泥螺、阳澄湖醉蟹、糟鹌鹑、糟鸭舌、高邮双黄鸭蛋、界首茶干拌荠菜、凉拌枸杞头……热菜也只是蟹白烧乌青菜、鸭肝泥酿怀山药、鲫鱼脑烩豆腐、烩青腿子口蘑、烧鹅掌。甲鱼只用裙边。鳟花鱼不用整条的,只取两块嘴后腮边眼下蒜瓣肉。砗螯只取两块瑶柱。炒芙蓉鸡片塞牙,用大兴安岭活捕来的飞龙剁泥、鸽蛋清。烧烤不用乳猪,用果子狸。头菜不用翅唇参燕,清炖杨妃乳——新从江阴运到的河鲀鱼。铁大人听说有河鲀,说:"那得有炒蒌蒿呀!——'竹外桃花三两枝,春江水暖鸭先知,蒌蒿满地芦芽短,正是河鲀欲上时',有蒌蒿,那才配称。"有有有!随饭的炒菜也极素净:素炒蒌蒿薹、素炒金花菜、素炒豌豆苗、素炒紫芽姜、素炒马兰头、素炒凤尾——只有三片叶子的嫩莴苣尖、素烧黄芽白……铁大人听了菜单(他没有看)说是"这样好,'咬得菜根,则百事可做'。"他请金冬心过目,冬心先生说:"'一箪食,一瓢饮',农一介寒士,无可无不可的。"

金冬心尝了尝这一桌非时非地清淡而名贵的菜肴,又想起袁子才,想起他的《随园食单》,觉得他把几味家常鱼肉说得天花乱坠,真是寒乞相,嘴角不禁浮起一丝冷笑。

酒过三巡，铁保珊提出寡饮无趣，要行一个酒令。他提出的这个酒令叫做"飞红令"，各人说一句或两句古人诗词，要有"飞、红"二字，或明嵌、或暗藏，都可以。这令不算苛。他自己先说了两句："花谢花飞飞满天，红消香断有谁怜？"有人不识出处。旁边的人提醒他："《红楼梦》!"这时正是《红楼梦》大行的时候，"开谈不说《红楼梦》，纵读诗书也枉然"，不知出处的怕露怯，连忙说："哦，《红楼梦》!《红楼梦》!"下面也有说"一片花飞减却春"的，也有说"桃花乱落如红雨"的。有的说不上来，甘愿罚酒。也有的明明说得出，为了谦抑，故意说："我诗词上有限，认罚认罚!"借以凑趣的。临了，到了程雪门。程雪门说了一句：

"柳絮飞来片片红。"大家先是愕然，接着就哗然了："柳絮飞来片片红，柳絮如何是红的？""无是理！无是理！""杜撰！杜撰无疑！""罚酒！罚酒！""满上！满上！喝了！喝了！"程雪门也不知道自己怎么会诌出这样一句不通的诗来，正在满脸紫涨，

无地自容,忽听得金冬心放下杯箸,从容言道:

"诸位莫吵。雪翁此诗有出处。这是元人咏平山堂的诗,用于今日,正好对景。"他站起身来,朗吟出全诗:

> 廿四桥边廿四风,
> 凭栏犹忆旧江东。
> 夕阳返照桃花渡,
> 柳絮飞来片片红。

大家一听,全都击掌:

"好诗!"

"好一个'柳絮飞来片片红'!妙!妙极了!"

"如此尖新,却又合情合理,这定是元人之诗,非唐非宋!"

"到底是冬心先生!元朝人的诗,我们知道得太少,惭愧惭愧!"

"想不到程雪翁如此博学!佩服!佩服!"程雪门哈哈大笑,连说:"过奖,过奖!——菜凉了,河馄要趁热!"

于是大家的筷子一齐奔向杨妃乳。

铁保珊拈须沉吟:这是元朝人的诗么?

金冬心真是捷才!出口成章,不动声色。快,而且,好!有意境……第二天,一清早,程雪门派人给金冬心送来一千两银子。金冬心叫陈聋子告诉瞿家花园,把十盆建兰立刻送来。

陈聋子刚要走,金冬心叫住他:

"不忙。先把这十张灯收到厢房里去。"

陈聋子提起两张灯,金冬心又叫住他:

"把这个——搬走!"

他指的是堆在地下的《随园诗话》。

陈聋子抱起《诗话》,走出书斋,听见冬心先生骂道:

"斯文走狗!"

陈聋子心想:他这是骂谁呢?

一九八三年十月二十五日

日　规

　　西南联大新校舍对面是"北院"。北院是理学院区。一个狭长的大院，四面有夯土版筑的围墙。当中是一片长方形的空场。南北各有一溜房屋，土墙，铁皮房顶，是物理系、化学系和生物系的办公室、教室和实验室。房前有一条土路，路边种着一排不高的尤加利树。一览无余，安静而不免枯燥。这里不像新校舍一样有大图书馆、大食堂、学生宿舍。教室里没有风度不同的教授讲授各种引人入胜的课程，墙上，也没有五花八门互相论战的壁报，也没有寻找失物或出让衣物的启事。没有操场，没有球赛。因此，除了理学院的学生，文法学院的学生很少在北院停留。不过他们每天要经过北院。由正门进，出东面的侧门，上一个斜坡，进城墙缺口。或到"昆中"、"南院"听课，或到文林街坐茶馆，到市里闲逛，看电影……理学院的学生读书多是比较扎实的，不像文法学院的学生放浪不羁，多少带点才子气。记定理、抄公式、画细胞，都要很专心。因此文法学院的学生走过北院时都不大声讲话，而且走得很快，免得打扰人家。但是他们在走尽南边的土路，将出侧门时，往往都要停一下：路边开着一大片剑兰！

这片剑兰开得真好！是美国种。别处没有见过。花很大，比普通剑兰要大出一倍。什么颜色的都有。白的、粉的、桃红的、大红的、浅黄的、淡绿的、蓝的，紫的像是黑色的。开得那样旺盛，那样水灵！可是，许看不许摸！这些花谁也不能碰一碰。这是化学系主任高崇礼种的。

高教授是个出名的严格方正、不讲情面的人。他当了多年系主任，教普通化学和有机化学。他的为人就像分子式一样，丝毫通融不得。学生考试，不及格就是不及格。哪怕是考了 59 分，照样得重新补修他教的那门课程。而且常常会像训小学生一样，把一个高年级的学生骂得面红耳赤。这人整天没有什么笑容，老是板着脸。化学系的学生都有点怕他，背地里叫他高阎王。他除了科学，没有任何娱乐嗜好。不抽烟。不喝酒。教授们有时凑在一起打打小麻将，打打桥牌，他绝不参加。他不爱串门拜客闲聊天。可是他爱种花，只种一种：剑兰。

这还是在美国留学时养成的爱好。他在麻省理工学院读化学。每年暑假，都到一家专门培植剑兰的花农的园圃里去做工，挣取一学年的生活费用，因此精通剑兰的种植技术。回国时带回了一些花种，每年还种一些。在北京时就种。学校迁到昆明，他又带了一些花种到昆明来，接着种。没想到昆明的气候土壤对剑兰特别相宜，花开得像美国那家花农的园圃里的一般大。逐年发展，越种越多，长了那样大一片！

可是没有谁会向他要一穗花，因为都知道高阎王的脾气：他的花绝不送人。而且大家知道，现在他的花更碰不得，他的花是要卖钱的！

昆明近日楼有个花市。近日楼外边，有一个水泥砌的圆池子。池子里没有水，是干的。卖花的就带了一张小板凳坐在池子里，把各种鲜花摊放在池沿上卖。晚香玉、缅桂花、康乃馨，也有剑兰。池沿上摆得满满的，色彩缤纷，老远地就闻到了花香。昆明的中产之家，有买花插瓶的习惯。主妇上街买菜，菜篮里常常一头放着鱼肉蔬菜，一头斜放着一束鲜花。花菜一篮，使人感到一片盎然的生意。高教授有一天走过近日楼，看看花市，忽然心中一动。

于是他每天一清早，就从家里走到北院，走进花圃，选择几十穗半开的各色剑兰，剪下来，交给他的夫人，拿到近日楼去卖。他的剑兰花大，颜色好，价钱也不太贵，很快就卖掉了。高太太就喜吟吟地走向菜市场。来时一篮花，归时一篮菜。这样，高教授的生活就提高了不少。他家的饭桌上常见荤腥。星期六还能炖一只母鸡。云南的玉溪鸡非常肥嫩，肉细而汤清。高太太把刚到昆明时买下的，已经弃置墙角多年的汽锅也洗出来了。剑兰是多年生草本，全年开花；昆明的气候又是四季如春，不缺雨水，于是高教授家汽锅鸡的香味时常飘入教授宿舍的左邻右舍。他的两个在读中学的儿女也有了比较整齐的鞋袜。

哪位说：教授卖花，未免欠雅。先生，您可真是站着说话不腰疼！您不知道抗日战争期间，大后方的教授，穷苦到什么程度。您不知道，一位国际知名的化学专家，同时又是对社会学、人类学具有广博知识的才华横溢而性格（在有些人看来）不免古怪的教授，穿的是一双"空前绝后"的布鞋——脚趾和脚跟部位都磨通了。中文系主任，当代散文大师的大衣破得不能再穿，他就买了一件云南赶马人穿的粗毛氆氇一口钟穿在身上御寒，样子有一点像传奇影片里的侠客，只是身材略嫌矮小。原来抽箚立克、555牌香烟的教授多改成抽烟斗，抽本地出的鹿头牌的极其辛辣的烟丝。他们的3B烟斗的接口处多是破裂的，缠着白线。有些著作等身的教授，因为家累过重，无暇治学，只能到中学去兼课。有个治古文字的学者在南纸店挂笔单为人治印。有的教授开书法展览会卖钱。教授夫人也多想法挣钱，贴补家用。有的制作童装，代织毛衣毛裤，有几位哈佛和耶鲁毕业的教授夫人，集资制作西点，在街头设摊出售。因此，高崇礼卖花，全校师生，皆无非议。

大家对这一片剑兰增加了一层新的看法，更加不敢碰这些花了。走过时只是远远地看看，不敢走近，更不敢停留。有的女同学想多看两眼，另一个就会说："快走，快走！高阎王在办公室里坐着呢！"没有谁会想起干这种恶作剧的事，半夜里去偷掐高教授的一穗花。真要是有人掐一穗，第二天早晨，高教授立刻就会发现。这花圃里有多少穗花，他都是有数的。

只有一个人可以走进高教授的花圃，蔡德惠。蔡德惠是生物系助教，坐办公室。生物系办公室和化学系办公室紧挨着、门对门。蔡德惠和高教授朝夕见面，关系很好。

蔡德惠是一个非常用功的学生。从小学到大学，各门功课都很好。他生活上很刻苦，联大四年，没有在外面兼过一天差。

联大学生的家大都在沦陷区。自从日本人占了越南，滇越铁路断了，昆明和平津沪杭不通邮汇，这些大学生就断绝了经济来源。教育部每月给大学生发一点生活费，叫做"贷金"。"贷金"名义上是"贷"给学生的，但是谁都知道这是永远不会归还的。这实际上是救济金，不知是哪位聪明的官员想出了这样一个新颖别致的名目，大概是觉得救济金听起来有伤大学生的尊严。"贷金"数目很少，每月十四元。货币贬值，物价飞涨，这十四元一直未动。这点"贷金"只够交伙食费，所以联大大部分学生都在外面找一个职业。半工半读，对付着过日子。五花八门，干什么的都有。有的在中学兼课，有的当家庭教师。昆明有个冠生园，是卖广东饭菜点心的。这个冠生园不知道为什么要办一个职工夜校，而且办了几年，联大不少同学都去教过那些广东名厨和糕点师傅。有的到西药房或拍卖行去当会计。上午听课，下午坐在柜台里算账，见熟同学走过，就起身招呼谈话。有的租一间门面，修理钟表。有一位坐在邮局门前为人代写家信。昆明有一个古老的习惯，每到正午时要放一炮，叫做"放午炮"。据说每天放这一炮的，也是联大的一位贵同学！这大概是哪位富于想象力的联大同学造出来的谣言。不过联大学生遍布昆明的各行各业，什么都干，却是事实。像蔡德惠这样没有兼过一天差的，极少。

联大学生兼差的收入，差不多全是吃掉了。大学生的胃口都极好，都很馋。照一个出生在南洋的女同学的说法：这些人的胃口都"像刀子一样"，见什么都想吃。也难怪这些大学生那么馋，因为大食堂的伙食实在太坏了！早晨是稀饭，一碟炒蚕豆或豆腐乳。中午和晚上都是大米干饭，米极糙，颜色紫红，中杂不少沙粒石子和耗子屎，装在一个很大的木桶里。盛饭的勺子也是木制的。因此饭粒入口，总带着很重的松木和杨木的气味。四个菜，分装在浅浅的酱色的大碗里。经常吃的是煮芸豆；还有一种不知是什么原料做成的紫灰色像是鼻涕一样的东西，叫做"蘑芋豆腐"。难得有一碗炒猪血（昆明叫"旺子"），几片炒回锅肉（半生不熟，极多猪毛)。这种淡而无味的东西,怎么能满足大学生们的刀子一样的食欲呢?二十多岁的人,单靠一点淀粉和碳水化合物是活不成的,他们要高蛋白,还要适量的动物脂肪!于是联大附近的小饭馆无不生意兴隆。新校舍的围墙外面出现了很多小食摊。这些食摊上的食品真是南北并陈,风味各别。最受欢迎的是一个广东老太太卖的鸡蛋饼:鸡蛋和面,入盐,加大量葱花,于平底锅上煎熟。广东老太太很舍得放猪油,饼在锅里煎得滋滋地响,实在是很大的诱惑。煎得之后,两面焦黄,径可一尺,卷而食之,极可解馋。有一家做一种饼,其实也没有什么稀奇,不过就是加了一点白糖的发面饼,但是是用松毛(马尾松的针叶)烤熟的,带一点清香,故有特点。联大的女同学最爱吃这种饼。昆明人把女大学生叫做"摩登",于是这种饼就被叫成"摩登粑粑"。这些"摩登"们常把一个粑粑切开,中夹叉烧肉四两,一边走,一边吃,丝毫不觉得有什么不文雅。有一位贵州人每天挑一副担子来卖馄饨面。他卖馄饨是一边包一边下的。有时馄饨皮包完了，他就把馄饨馅一小疙瘩一小疙瘩拨在汤里下面。有人问他："你这叫什么面？"这位贵州老乡毫不犹豫地答曰："桃花面！"……蔡德惠偶尔也被人拉到米线铺里去吃一碗焖鸡米线，但这样的时候很少。他每天只是吃食堂，吃煮芸豆和"蘑芋豆腐"。四年都是这样。

蔡德惠的衣服倒是一直比较干净整齐的。联大的学生都有点像是阴沟里的鹅——顾嘴不顾身。女同学一般都还注意外表。男同学里西服革履，每天把裤子脱下来压在枕头下以保持裤线的，也有，但是不多。大多数男大学生都是不衫不履，邋里邋遢。有人裤子破了，找一根白线，把破洞处系成一个疙瘩，只要不露肉就行。蔡德惠可不是这样。

蔡德惠四五年来没有添置过什么衣服，——除了鞋袜。他的衣服都还是来报考联大时从家里带来的。不过他穿得很仔细。他的衣服都是自己洗，而且换洗得很勤。联大新校舍有一个文嫂，专给大学生洗衣服。蔡德惠从来没有麻烦过她。不但是衣服，他连被窝都是自己拆洗，自己做。这在男同学里是很少有的。因此,后来一些同学在回忆起蔡德惠时,首先总是想到蔡德惠在新校舍一口很大的井边洗衣裳,见熟同学走过,就抬起头来微微一笑。他还会做针线活,会裁会剪。一件衬衫的肩头穿破了,他能拆下来,把下摆移到肩头,倒个个儿,缝好了依然是一件完整的衬衫,还能再穿几年。这样的活计,大概多数女同学也干不了。

也许是性格所决定,蔡德惠在中学时就立志学生物。他对植物学尤其感兴趣。到了大学三年级,就对植物分类学着了迷。植物分类学在许多人看来是一门很枯燥的学问,单是背那么多拉丁文的学名,就是一件叫人头疼的事。可是蔡德惠觉得乐在其中。有人问他:"你干嘛搞这么一门干巴巴的学问?"蔡德惠说:"干巴巴的?——不,这是一门很美的科学!"他是生物系的高才生。四年级的时候,系里就决定让他留校。一毕业,他就当了助教,坐办公室。

高崇礼教授对蔡德惠很有好感。蔡德惠算是高崇礼的学生,他选读过高教授的普通化学。蔡德惠的成绩很好,高教授还记得。但是真正使高教授对蔡德惠产生较深印象,是在蔡德惠当了助教以后。蔡德惠很文静。隔着两道办公室的门,一天几乎听不到他的声音。他很少大声说话。干什么事情都是轻手轻脚的,绝不会把桌椅抽屉搞得乒乓乱响。他很勤奋。每天高教授来剪花的时候(这时大部分学生都还在高卧),发现蔡德惠已经坐在窗前低头看书,做卡片。虽然在学问上隔着行,高教授无从了解蔡德惠在植物学方面的造诣,但是他相信这个年轻人是会有出息的,这是一个真正做学问的人。高教授也听生物系主任和几位生物系的教授谈起过蔡德惠,都认为他有才能,有见解,将来可望在植物分类学方面取得很高的成就。高教授对这点深信不疑。因此每天高教授和蔡德惠点头招呼,眼睛里所流露的,就不只是亲切,甚至可以说是:敬佩。

高教授破例地邀请蔡德惠去看看他的剑兰。当有人发现高阎王和蔡德惠并肩站在这一片华丽斑斓的花圃里时,不禁失声说了一句:"这真是黄河清了!"蔡德惠当然很喜欢这些异国名花。他时常担一担水来，帮高教授浇浇花；用一个小獭锄松松土；用烟叶泡了水除治剑兰的腻虫。高教授很高兴。

蔡德惠简直是钉在办公室里了，他很少出去走走。他交游不广，但是并不孤僻。有时他的杭高老同学会到他的办公室里来坐坐，——他是杭州人，杭高（杭州高中）毕业，说话一直带着杭州口音。他在新校舍同住一屋的外系同学，也有时来。他们来，除了说说话，附带来看蔡德惠采集的稀有植物标本。蔡德惠每年暑假都要到滇西、滇南去采集标本。像木蝴蝶那样的植物种子，是很好玩的。一片一片，薄薄的，完全像一个蝴蝶，而且一个荚子里密密的挤了那么多。看看这种种子，你会觉得：大自然真是神奇！有人问他要两片木蝴蝶夹在书里当书签，他会欣然奉送。这东西滇西多的是，并不难得。

在蔡德惠那里坐了一会的同学，出门时总要看一眼门外朝南院墙上的一个奇怪东西。这是一个日规。蔡德惠自己做的。所谓"做"，其实很简单，找一点石灰，跟瓦匠师傅借一个抿子，在墙上抹出一个规整的长方形，长方形的正中，垂直着钉进一根竹筷子，——院墙是土墙，是很容易钉进去的。筷子的影子落在雪白的石灰块上，随着太阳的移动而移动。这是蔡德惠的钟表。蔡德惠原来是有一只怀表的，后来坏了，他就一直没有再买，——也买不起。他只要看看筷子的影子，就知道现在是几点几分，不会差错。蔡德惠做了这样一个古朴的日规，一半是为了看时间，一半也是为了好玩，增加一点生活上的情趣。至于这是不是也表示了一种意思：寸阴必惜，那就不知道了。大概没有。蔡德惠不是那种把自己的决心公开表现给人看的人。不过凡熟悉蔡德惠的人，总不免引起一点感想，觉得这个现代古物和一个心如古井的青年学者，倒是十分相称的。人们在想起蔡德惠时，总会很自然地想起这个日规。

蔡德惠病了。不久，死了。死于肺结核。他的身体原来就比较孱弱。

生物系的教授和同学都非常惋惜。高崇礼教授听说蔡德惠死了，心里很难受。这天是星期六。吃晚饭了，高教授一点胃口都没有。高太太把汽锅鸡端上桌，汽锅盖噗噗地响，汽锅鸡里加了宣威火腿，喷香！高崇礼忽然想起：蔡德惠要是每天喝一碗鸡汤，他也许不会死！这一天晚上的汽锅鸡他一块也没有吃。

蔡德惠死了，生物系暂时还没有新的助教递补上来，生物系主任难得到系里来看看，生物系办公室的门窗常常关锁着。

蔡德惠手制的日规上的竹筷的影子每天仍旧在慢慢地移动着。

　　　一九八四年六月五日初稿，六月七日重写

辜家豆腐店的女儿

豆腐店是一个"店",怎么会有个女儿?然而螺蛳坝一带的人背后都是这么叫她。或者称作"辜家的女儿""豆腐店的女儿"。背后这样的提她,有一种特殊的意味。姓辜的人家很少,这个县里好像就是两三家。

螺蛳坝是"后街",并没有一个坝,只是一片不小的空场。七月十五,这里做盂兰盆会。八九月,如果这年年成好,就有人发起,在平桥上用杉篙木板搭起台来唱戏。约的是里下河的草台班子,京戏、梆子"两下锅",既唱《白水滩》这样摔"壳子"的武打戏,也唱《阴阳河》这样踩跷的戏。做盂兰盆会、唱大戏,热闹几天,平常这里总是安安静静的。孩子在这里踢毽子,踢铁球,滚钱,抖空竹（本地叫"抖天嗡子"）。有时跑过来一条瘦狗，匆匆忙忙，不知道要赶到哪里去干什么。忽然又停下来，竖起耳朵，好像听见了什么。停了一会，又低了脑袋匆匆忙忙地走了。

螺蛳坝空场的北面有几户人家。有两家是打芦席的。每天看见两个中年的女人破苇子，编席。一顿饭工夫，就织出一大片。芦席是为大德生米厂打的。米厂要用很多芦席。东头一家是个"茶炉子"，即卖开水的，就是上海人所说的"老虎灶"。一个像柜子似的砖砌的炉子，四角有四个很深的铁铸的"汤罐"，满满四罐清水，正中是火眼，烧的是粗糠。粗糠用一个小白铁簸箕倒进火眼，"呼——"火就猛升上来，"汤罐"的水就呱呱地开了。这一带人家用开水——冲茶、烫鸡毛、拆洗被窝，都是上"茶炉子"去灌，很少人家自己烧开水。因为上"茶炉子"灌水很方便，省得费柴费火，烟熏火燎，又用不了多少。"茶炉子"卖水，不是现钱交易，而是一次卖出一堆"茶筹子"——一个一个长方形的小竹片，一面用铁模子烙出"十文"、"二十文"……灌了开水，给几根茶筹子就行了。"茶炉子"烧的粗糠是成挑的从大德生米厂趸来的。一进"茶炉子"，除了几口很大的水缸，一眼看到的便是靠后墙堆得像山一样的粗糠。

螺蛳坝一带住的都是"升斗小民"，称得起殷实富户的，是大德生米厂。大德生的东家姓王，街上人都称他王老板。大德生原来的底子就厚实，一盘很大的麻石碾子，喂着两头大青骡子，后面仓里的稻子堆齐二梁。后来王老板把骡子卖了，改用机器碾米，生意就更兴旺了。大德生原是一个米店，改用机器后就改称为"米厂"。这算是螺蛳坝唯一的"工厂"。每天这一带都听得到碾米的柴油机的铁烟筒里发出节奏均匀的声音：蓬——蓬——蓬……

王老板身体很好，五十多岁了，走路还飞快，留一撇乌黑的牙刷胡子，双眼有神。

他的大儿子叫王厚辽，在米厂里量米，记账。他有个外号叫"大呆鹅"，看样子也确是有点呆相。

二儿子叫王厚垄，跟一个姓刘的老先生学中

医。长得眉清目秀，一表人才。

大德生东墙外住着一个姓薛的裁缝。薛裁缝是个老实人，整天只知道低头做活，穿针引线。他的老婆人称薛大娘。薛大娘跟老头子可不是一样的人，她也"穿针引线"，但引的是另外一种线，说白了，就是拉皮条。

大德生门前有一条小巷，就叫做辜家巷，因为巷子里只有一家人家。辜家的后门就开在巷子里，和大德生斜对门，两步就到了。后面是住家，前面是做豆腐的作坊，前店后家。

辜家很穷。

从螺蛳坝到草巷口，有两家豆腐店。豆腐店是发不了财的，但是干了这一行也只有一直干下去。常言说："黑夜思量千条路，清早起来依旧磨豆腐。"不过草巷口的一家生意不错。一清早卖豆浆，热气腾腾的满满一锅。卖豆腐，四大屉。压百叶，百叶很薄，很白。夏天卖凉粉皮。这凉粉皮是用莴苣汁和的绿豆粉，颜色是浅绿的，而且有一股莴苣香。生意好，小老板两个月前还接了亲。新媳妇坐在磨子一边，往磨眼里注水，加黄豆，头上插一朵大红剪绒小小的囍。

相比之下，辜家豆腐店就显得灰暗，残旧，一点生气也没有。每天只做两屉豆腐，有时一屉，有时一屉也没有。没本钱，买不起黄豆。辜老板老是病病歪歪的，没有一点精神。

辜老板老婆死得早，没有留下一个儿子，跟前只有一个女儿。

辜家的女儿长得有几分姿色，在螺蛳坝算是一朵花。她长得细皮嫩肉，只是面色微黄，好像是用豆腐水洗了脸似的。身上也有点淡淡的豆腥气。

一天三顿饭，几乎顿顿是炒豆腐渣，不过总得有点油滑滑锅。牵磨的"蚂蚱驴"也得扔给它一捆干草。更费钱的是她爹的病。他每天吃药，王厚堃的师父开的药又都很贵，这位刘先生爱用肉桂，而且旁注："要桂林产者"。每天辜家女儿把药渣倒在路口，对面打芦席和烧茶炉子的大娘看见辜家的女儿在门前倒药渣，就叹了一口气："难！"

大德生的王老板找到薛大娘，说是辜家的日子很难,他想帮他们家一把。"怎么个帮法?""叫他女儿陪我睡睡。"

"什么?人家是黄花闺女,比你的女儿还小一岁!我不干这种缺德事!""你去说说看。"

媒人的嘴两张皮,辣椒能说成大鸭梨。七说八说,辜家女儿心里活动了,说:"你叫他晚上来吧。"没想到大呆鹅也找到薛大娘。

王老板是包月,按月给五块钱。

大呆鹅是现钱交易。每次事完,摸出一块现大洋,还要用两块洋钱叮叮当当敲敲,以示这不是灌了铅的"哑板"。

没有不透风的墙,螺蛳坝巴掌大的一块地方,那么多双眼睛,辜家女儿的事情谁都知道了。烧茶炉子、打芦席的大娘指指戳戳,咬耳朵,点脑袋,转眼珠子,撇嘴唇子。大德生的碾米的师傅、量米的伙计议论:"两代人操一张×,这叫什么事!"——"船多不碍港,客多不碍路,一个羊也是放,两个羊也是赶,你管他是几代人!"

辜家的女儿身体也不好,脸上总是黄白黄白

的，她把王厚堃请到屋里看病。王厚堃给她号了脉，看了舌苔，开了脉案，大体说是气血两亏，天癸不调……辜家女儿问什么是"天癸不调"，王厚堃说就是月经不正常。随即写了一个方子，无非是当归、枸杞之类。

王厚堃站起身来要走，辜家女儿忽然把门闩住，一把抱住了王厚堃，把舌头吐进他的嘴里，解开上衣，把王厚堃的手按在胸前，让他摸她的奶子，含含糊糊地说："你要要我、要要我，我喜欢你，喜欢你……"

王厚堃没有想到她会这样，只好和她温存了一会，轻轻地推开了她，说："不行。""不行？""我不能欺负你。"

王厚堃给她掩了前襟，扣好纽子，开门走了。王厚堃悬崖勒马，也因为他就要结婚了，他要保留一个童身。

过了两个月，王厚堃结婚了。花轿从辜家豆腐店门前过，前面吹着唢呐，放着三眼铳。螺蛳坝的人都出来看花轿，辜家的女儿也挤在人丛里看。

花轿过去了，辜家的女儿坐在一张竹椅上，发了半天呆。忽然她奔到自己的屋里，伏在床上号啕大哭。哭的声音很大，对面烧茶炉子的和打芦席的大娘都听得见，只是听不清她哭的是什么。三位大娘听得心里也很难受，就相对着也哭了起来，哭得稀溜稀溜的。

辜家的女儿哭了一气，洗洗脸，起来泡黄豆，眼睛红红的。

一九九四年二月十五日

小学校的钟声

瓶花收拾起台布上细碎的影子。瓷瓶没有反光,温润而寂静,如一个人的品德。瓷瓶此刻比它抱着的水要略微凉些。窗帘因为暮色浑染,沉沉静垂。我可以开灯。开开灯,灯光下的花另是一个颜色。开灯后,灯光下的香气会不会变样子?可作的事好像都已作过了。我望望两只手,我该如何处置这个?我把它藏在头发里么?我的头发里保存有各种气味,自然它必也吸取了一点花香。我的头发,黑的和白的。每一游尘都带一点香。我洗我的头发,我洗头发时也看见这瓶花。

天黑了,我的头发是黑的。黑的头发倾泻在枕头上。我的手在我的胸上,我的呼吸振动我的手。我念了念我的名字,好像呼唤一个亲昵朋友。

小学校里的欢声和校园里的花都融解在静沉沉的夜气里。那种声音实在可见可触，可以供诸瓶几，一簇，又一簇。我听见钟声，像一个比喻。我没有数，但我知道它的疾徐，轻重，我听出今天是西南风。这一下打在那块铸刻着校名年月的地方。校工老詹的汗把钟绳弄得容易发潮了，他换了一下手。挂钟的铁索把两棵大冬青树干拉近了点，因此我们更不明白地上的一片叶子是哪一棵树上落下来的；它们的根须已经彼此要呵痒玩了吧。又一下，老詹的酒瓶没有塞好，他想他的猫已经看见他的五香牛肉了。可是又用力一下。秋千索子有点动，他知道那不是风。他笑了，两个矮矮的影子分开了。这一下敲过一定完了，钟绳如一条蛇在空中摆动，老詹偷偷地到校园里去，看看校长寝室的灯，掐了一枝花，又小心敏捷：今天有人因为爱这枝花而被罚清除花上的蚜虫。"韵律和生命合成一体，如钟声。"我活在钟声里。钟声同时在我生命里。天黑了。今年我二十五岁。一种荒唐继续荒唐的年龄。

十九岁的生日热热闹闹地过了，可爱得像一种不成熟的文体，到处是希望。酒阑人散，厅堂里只剩余一枝红烛，在银烛台上。我应当夹一夹烛花，或是吹熄它，但我什么也不做。一地明月。满宫明月梨花白，还早得很。什么早得很，十二点多了！我简直像个女孩子。我的白围巾就像个女孩子的。该睡了，明天一早还得动身。我的行李已经打好了，今天我大概睡那条大红绫子被。

一早我就上了船。

弟弟们该起来上学去了。我其实可以晚点来，跟他们一齐吃早点，即是送他们到学校也不误事。我可以听见打预备钟再走。

靠着舱窗，看得见码头。堤岸上白白的，特别干净，风吹起鞭爆纸。卖饼的铺子门板上错了，从春联上看得出来。谁，大清早骑驴过去的？脸好熟。有人来了，这个人会多给挑夫一点钱，我想。这个提琴上流过多少音乐了，今天晚上它的主人会不会试一两支短曲子。够，这个箱子出过国！旅馆老板应当在报纸上印一点诗，旅行人是应当读点诗的。这个,来时跟我一齐来的,他口袋里有一包胡桃糖,还认得我么?我记得我也有一大包胡桃糖,在箱子里,昨天大姑妈送的。我送一块糖到嘴里时,听见有人说话:

"好了,你回去吧,天冷,你还有第一堂课。"

"不要紧,赶得及;孩子们会等我。"

"老詹第一堂课还是常晚打五分钟么?"

"什么——是的。"

岸上的一个似乎还想说什么,嘴动了动,风大,想还是留到写信时说。停了停,招招手说:

"好,我走了。"

"再见。啊呀!——"

"怎么?"

"没什么。我的手套落到你那儿了。不要紧。大概在小茶几上,插梅花时忘了戴。我有这个!"

"找到了给你寄来。"

"当然寄来,不许昧了!"

"好小气!"

岸上的笑笑,又扬扬手,当真走了。风披下她

小学校的钟声

的一绺头发来了,她已经不好意思歪歪地戴一顶绒线帽子了。谁教她就当了教师!她在这个地方待不久的,多半到暑假就该含一汪眼泪向学生告别了,结果必是老校长安慰一堆小孩子,连这个小孩子。我可以写信问弟弟:"你们学校里有个女老师,脸白白的,有个酒窝,喜欢穿蓝衣服,手套是黑的,边口有灰色横纹,她是谁,叫什么名字?声音那么好听,是不是教你们唱歌?——"我能问么?不能,父亲必会知道,他会亲自到学校看看去。年纪大的人真没有办法!

我要是送弟弟去,就会跟她们一路来。不好,老詹还认得我。跟她们一路来呢,就可以发现船上这位的手套忘了,哪有女孩子这时候不戴手套的。我会提醒她一句。就为那个颜色,那个花式,自己挑的,自己设计的,她也该戴。——"不要紧,我有这个!"什么是"这个",手笼?大概是她到伸出手来摇摇时才发现手里有一个什么样的手笼,白的?我没看见,我什么也没看见。只缘身在此山中。我在船上。梅花,梅花开了?是朱砂还是绿萼？校园里旧有两棵的。波——汽笛叫了。一个小轮船安了这么个大汽笛，岂有此理！我躺下吃我的糖。……

"老师早。"

"小朋友早。"

我们像一个个音符走进谱子里去。我多喜欢我那个棕色的书包。蜡笔上沾了些花生米皮子。小石子，半透明的，从河边捡来的。忽然摸到一块糖，早以为已经在我的嘴里甜过了呢。水泥台阶，干净得要我们想洗手去。"猫来了，猫来了，""我的马儿好，不喝水，不吃草。"下课钟一敲，大家噪得那么野，像一簇花突然一齐开放了，第一次栖来这个园里的树上的鸟吓得不假思索地便鼓翅飞了，看别人都不动，才又飞回来，歪着脑袋向下面端详。我六岁上幼稚园。玩具橱里有个 Joker 至今还在那儿傻傻地笑。我在一张照片里骑木马，照片在粉墙上发黄。

百货店里我一眼就看出那是我们幼稚园的老师。她把头发梳成圣玛丽的样子。她一定看见我了，看见我的校服，看见我的受过军训的特有姿势。她装作专心在一堆纱手巾上。她的脸有点红，不单是因为低头。我想过去招呼，我怎么招呼呢？到她家里拜访一次？学校寒假后要开展览会吧，我可以帮她们剪纸花，扎蝴蝶。不好，我不会去的。暑假我就要考大学了。

我走出舱门。

我想到船头看看。我要去的向我奔来了。我抱着胳膊，不然我就要张开了。我的眼睛跟船长看得一般远。但我改了主意。我走到船尾去。船头迎风，适于夏天，现在冬天还没有从我语言的惰性中失去。我看我是从哪里来的。

水面简直没有什么船。一只鹭鸶用青色的脚试量水里的太阳。岸上柳树枯干子里似乎已经预备了充分的绿。左手珠湖笼着轻雾。一条狗追着小轮船跑。船到九道湾了，那座庙的朱门深闭在逶迤的黄墙间，黄墙上面是蓝天下的苍翠的柏树。冷冷的是宝塔檐角的铃声在风里摇。

从呼吸里，从我的想象，从这些风景，我感觉我不是一个人。我觉得我不大自在，受了一点拘束。我不能吆喝那只鹭鸶，对那条狗招手，不能自作主张把那一堤烟柳移近庙旁，而把庙移在湖里的雾里。我甚至觉得我站着的姿势有点放肆，我不是太睥睨不可一世就是像不绝俯视自己的灵魂。我身后有双眼睛。这不行，我十九岁了，我得像个男人，这个局面应当由我来打破。我的胡桃糖在我手里。我转身跟人互相点点头。

"生日好。"

"好，谢谢。——"生日好！我眨了眨眼睛。似乎有点明白。这个城太小了。我拈了一块糖放进嘴里，其实胡桃皮已经麻了我的舌头。如此，我才好说。

"吃糖。"一来接糖，她就可走到栏杆边来，我们的地位得平行才行。我看到一个黑皮面的速写簿，它看来颇重，要从腋下滑下去的样子，她不该穿这么软的料子。黑的衬亮所有白的。

"画画？"

"当着人怎么动笔。"

当着人不好动笔，背着人倒好动笔？我倒真没见到把手笼在手笼里画画的，而且又是个白手笼！很可能你连笔都没有带。你事先晓得船尾上就有人？是的，船比城更小。

"再过两三个月，画画就方便了。"

"那时候我们该拼命忙毕业考试了。"

"噢呵，我是说树就都绿了。"她笑了笑，用脚尖踢踢甲板。我看见袜子上有一块油斑，一小块药水棉花凸起，虽然敷得极薄，还是看得出。好，这可会让你不自在了，这块油斑会在你感觉中大起来，棉花会凸起，凸起如一个小山！

"你弟弟在学校里大家都喜欢。你弟弟像你，她们说。"

"我弟弟像我小时候。"

她又笑了笑。女孩子总爱笑。"此地实乃世上女子笑声最清脆之一隅。"我手里的一本书里印着这句话。我也笑了笑。她不懂。

我想起背乘数表的声音。现在那几棵大银杏树该是金黄色的了吧。它吸收了多少种背诵的声音。

银杏树的木质是松的，松到可以透亮。我们从前的图画板就是用这种木头做的。风琴的声音属于一种过去的声音。灰尘落在教室的绉纸饰物上。

"敲钟的还是老詹？"

"剪校门口冬青的也还是他。"

冬青细碎的花，淡绿色；小果子，深紫色。我们仿佛并肩从那条拱背的砖路上一齐走进去。夹道是平平的冬青，比我们的头高。不多久，快了吧，冬青会生出嫩红色的新枝叶，于是老詹用一把大剪子依次剪去，就像剪头发。我们并肩走进去，像两个音符。

我们都看着远远的地方，比那些树更远，比那群鸽子更远。水向后边流。

要弟弟为我拍一张照片。呵，得再等等，这两天他怎么能穿那种大翻领的海军服。学校旁边有一个铺子里挂着海军服。我去买的时候，店员心里想什么，衣服寄回去时家里想什么，他们都不懂我的意思。我买一个秘密，寄一个秘密。我坏得很。早得很，再等等，等树都绿了。现在还只是梅花开在灯下。疏影横斜于我的生日之中。早得很,早什么,嘻,明天一早你得动身,别尽弄那梅花,看忘了事情,落了东西!听好,第一次钟是起身钟。

"你看,那是什么?"

"乡下人接亲,花轿子。"——这个东西不认得?一团红吹吹打打的过去,像个太阳。我看着的是指着的手。修得这么尖的指甲,不会把我戳破?我撮起嘴唇,河边芦苇嘘嘘响,我得警告她。

"你的手冷了。"

"哪有这时候接亲的。——不要紧。"

"路远,不到晌午就发轿。拣定了日子。就像人过生日,不能改的。你的手套,咳,得三天样子才能寄到。——"

她想拿一块糖,想拿又不拿了。

"用这个不方便,不好画画。"

她看了看指甲,一片月亮。

"冻疮是个讨厌东西。"讨厌得跟记忆一样。

"一走多路,发热。"

她不说话,可是她不用一句话简直把所有的都说了：她把速写簿放在旁边的凳子上，把另一只手也褪出来，很不屑地把手笼放在速写簿上。手笼像一头小猫。

她用右手指转正左手上一个石榴子的戒指，看了我一眼，这一眼的意思是：

看你还有什么可说的！

我若再说，只有说：

你看，你的左手就比右手红些，因为它受暖的时间长些。你的体温从你的戒指上慢慢消失了。李长吉说"腰围白玉冷"，你的戒指一会儿就显得硬得多！

但是不成了，放下她的东西时她又稍稍占据比我后一点的地位了。我发现她的眼睛有一种跟人打赌的光，而且像邱比德一样有绝对的把握样子。她极不恭敬看着我的白围巾，我的围巾且是薰了一点香的。

来一阵大风，大风，大风吹得她的眼睛冻起来，哪怕也冻住我们的船。

她挪过她的眼睛，但原来在她眼睛里的立刻搬到她的眼角。

万籁无声。

胡桃皮硝制我的舌头。

一放手，我把一包糖掉落到水里，有意甚于无意，糖衣从胡桃上解去。但胡桃里面也透了糖。胡桃本身也是甜的。胡桃皮是胡桃皮。

"走吧，验票了。"她说话了，说了话，她恢复不了原来的样子了。感谢船是那么小：

"到我舱里来坐坐。我有不少橘子，这么重，才真不方便。我这是请客了。"

我的票子其实就在身上，不过我还是回去一下。我知道我是应当等一会才去赴约的。半个钟头，差不多了吧。当然我不能吹半点钟风，因为我已经吹了不止半点钟风。而且她一定预料我不会空了两手去，她知道我昨天过生日。（她能记得多少时候，到她自己过生日时会不会想起这一天？想到此，她会独自嫣然一笑，当她动手切生日蛋糕时。她自有她的秘密。）现在，正是时候了：

弟弟放午课回家了，为折磨皮鞋一路踢着石

子。河堤西侧的阴影洗去了。弟弟的音乐老师在梅瓶前入神,鸟声灌满了校园。她拿起花瓶后面一双手套,一时还没有想到下午到邮局去寄。老詹的钟声颤动了阳光,像颤动了水,声音一半扩散,一半沉淀。

"好,当然来。我早闻见橘子香了。"

差点我说成橘子花。唢呐声消失了,也消失了湖上的雾,一种消失于不知不觉中,而并使人知觉于消失之后。

果然,半点钟内,她换了袜子。一层轻绡从她的脚上褪去,和怜和爱她看看自己的脚尖,想起雨后在洁白的浅滩上印一湾苗条的痕迹,一种难以言说的温柔。怕太娇纵了自己,她赶快穿上一双。

小桌上两个剥了的橘子,橘子旁边是那头白猫。

"好,你是来做主人了。"

放下手里的一盒点心,一个开好的罐头,我的手指接触到白色的手,又凉又滑。

"你是哪一班的?"

"比你低两班。"

"我怎么不认识你。"

"我是插班进去的,当中还又停了一年。"

她心里一定也笑,还不认识!

"你看过我弟弟?"

"昨天还在我表姐屋里玩来的。放学时逗他玩,不让他回去,急死了!"

"欺负小孩子,你表姐是不是那里毕业的?"

"她生了一场病,不然比我早四班。"

"那她一定在那个教室上过课,窗户外头是池塘,坐在窗户台上可以把钓竿伸出去钓鱼。我钓过一条大乌鱼,想起祖母说,乌鱼头上有北斗七星,赶紧又放了。"

"池塘里有个小岛,大概本来是座坟。"

"岛上可以拣野鸭蛋。"

"我没拣过。"

"你一定拣过,没有拣到!"

"你好像看见似的。要橘子,自己拿。那个和尚的石塔还是好好的。你从前懂不懂刻在上面的字?"

"现在也未见得就懂。"

"你在校刊上老有文章。我喜欢塔上的莲花。"

"莲花还好好的。现在若能找到我那些大作,看看,倒非常好玩。"

"昨天我在她们那儿看到好些学生作文。"

"这个多吃点不会怎么,竹笋,怕什么。"

"你现在还画画么?"

"我没有速写簿子。你怎么晓得我喜欢过?"

我高兴有人提起我久不从事的东西。我实在应当及早学画。我老觉得我在这方面的成就会比我将要投入的工作可靠得多。我起身取了两个橘子,却拿过那个手笼尽抚弄。橘子还是人家拿了坐到对面去剥了。我身边空了一点,因此我觉得我有理由不放下那种柔滑的感觉。

"我们在小学顶高兴野外写生。美术先生姓王,说话老是'譬如''譬如',——画来画去,大家老是画一个拥在丛树之上的庙檐;一片帆,一片远景;一个茅草屋子,黑黑的窗子,烟囱里不问早晚都在冒烟。老去的地方是东门大窑墩子。泰山庙文游台,王家亭子……"

"傅公桥,东门和西门的宝塔,……"

"西门宝塔在河堤上,实在我们去得最多的地方是河堤上,老是问姓瞿的老太婆买荸荠吃。"

"就是这条河,水会流到那里。"

"你画过那个渡头,渡头左近尽是野蔷薇,香极了。"

"那个渡头……渡过去是潭家坞子。坞子里树比人还多。画眉比鸭子还多……"

"可是那些树不尽是柳树,你画的全是一条一条的。"

"……"

"那张画至今还在成绩室里。"

"不记得了,你还给人家改了画。那天是全校春季远足,王老师忙不过来了,说大家可以请汪曾祺改,你改得很仔细,好些人都要你改。"

"我的那张画也还在成绩室里,也是一条一条的。表姐昨天跟我去看过。……"

我咽下一小块停留在嘴里半天的蛋糕，想不起什么话说，我的名字被人叫得如此自然。不自觉地把那个柔滑的感觉移到脸上，而且我的嘴唇也想埋在洁白的窝里。我的样子有点傻，我的年龄亮在我的眼睛里。我想一堆带露的蜜波花瓣拥在胸前。

一块橘子皮飞过来，刚好砸在我脸上，好像打中了我的眼睛。我用手掩住眼睛。我的手上感到百倍于那只猫的柔润，像一只招凉的猫，一点轻轻的抖，她的手。

波——岂有此理，只小小的船安这么大一个汽笛。随着人声喧沸，脚步忽乱。

"船靠岸了。"

"这是××，晚上才能到××。"

"你还要赶夜车？"

"大概不，我尽可以在××耽搁几天，玩玩。"

"什么时候有兴给我画张画。——"

"我去看看，姑妈是不是来接我了，说好了的。"

"姑妈？你要上了？"

小学校的钟声

"她脾气不大好,其实很好,说叫去不能不去。"

我揉了揉眼睛,把手笼交给她,看她把速写簿子放进箱子,扣好大衣领子,知道她说的是真的。

"箱子我来拿,你笼着这个不方便。"

"谢谢,是真不方便。"

当然,老詹的钟又敲起来了。风很大,船晃得厉害,每个教室里有一块黑板。黑板上写许多字,字与字之间产生一种神秘的交通,钟声作为接引。我不知道我在船上还是在水上,我是怎么活下来的。有时我不免稍微有点疯,先是人家说起后来是我自己想起。钟!…………

四月二十七日夜写成
二十九日改易数处,添写最后两句。
一月不熬夜,居然觉得疲倦。我的疲倦引诱我。
纪念我的生日,纪念几句话。

抽象的杠杆定律

胡少邦是西南联大一大活宝。他原是航校学生。航校教飞行，都是教官带着。教官先飞，到了一定高度，作一个手势交给学生开。教官推推他，叫他试飞。推了几下，他不动。教官一看，这位老兄睡着了！反应如此之迟钝，怎么能开飞机呢？请吧您哪！他被航校淘汰了，投考了西南联大，读哲学心理系。

虽然离开了航校，他对航空未能忘情。正在上着课，他忽然跑出教室，站在路口，高声喊叫：

"现在已经有了'预行警报'，五华山挂了两个红球！"昆明的防空警报分四种：预行警报、空袭警报、紧急警报、解除警报。后三种都由防空监视机关拉汽笛。空袭警报一长二短，表示日本飞机已入云南境内，有可能到昆明来；紧急警报一长一短，表示日本飞机已经接近昆明；到拉了长音，则表示日本飞机已经轰炸扫射完了，飞回去了。"预行警报"不拉汽笛，只在五华山顶挂出红球，——五华山是昆明的制高点，红球挂出，全城可见。胡少邦正在听课，不知道他是怎么"感觉"到五华山挂了红球的。

他还举行过几次演讲。事前贴出海报：整张的标语纸，画出几栏，左右两栏写明时间、地点，当中一栏较宽，浓墨大书："学术演讲"，题目是"防空常识"。竟然有人去听他的演讲，听完了，还报以掌声！

胡少邦每天都要"表演"。中午饭过，他就表演起来。一是唱歌。他认为唱歌要唱得高，于是拼命高唱，一直唱到声嘶力竭。二是舞单刀。他有一把生锈的单刀，舞得飕飕地，一直舞到大汗淋漓，才抱刀收势，对围观的同学鞠躬致谢。起初有些同学起哄架秧子，鼓励他耍活宝，后来见他每天就是这一套，就不再捧场，他一张嘴嘶喊，就纷纷走散。

胡少邦是个"情种"。日本飞机老是到昆明来轰炸。一有警报,联大同学就都由北面的小门走出去"跑警报"。有时忽然变了天,乌云四合,就要下雨。下了雨,日本飞机就不会来了,大家陆陆续续往回走。胡少邦一马当先,抢在最前面。他这么着急忙慌地赶回去干什么?他到新校舍各个宿舍收集雨伞,抱了两大抱,等在北门旁边,有女同学回来,就送上一把(这时雨已下下来,正好用得着)。

"情种"自然多情。胡少邦认为很多女同学都爱他。他唯恐自己爱得不周到,有疏忽,致使某个女同学伤心流泪,就买了一张重磅图画纸,画了一个很详细清楚的表格,这样可以按计划一一访问。他把这张爱情一览表压在席子下面,时常抽出来审阅。不过有时也觉得可能有点自作多情。他到南院(女生宿舍)去看望某个女同学,看传达室的张妈总是说:"小姐不在!"他碰了壁,不死心,心想这不过是女孩子故作姿态而已。也许,他尚无特殊表现,还没有显出他的天才,还没有使女孩子动心。

唔，是的，不错！

显露天才的机会来了！学校有个话剧团，要演《北京人》，导演找到他，因为他身材魁伟，而且有一种原始的味道。跟他说："你演最合适！你其实是真正的主角，剧名不是叫《北京人》么？"他同意了，跟大家一起去拍剧照。有一个有名的拍人像的摄影专家叫高岭梅，在正义路开了一家"高岭梅艺术人像"，昆明多数影剧界的都跟他很熟。他设计了剧照的画面：后面是北京人的齐胸的影子，拍得虚虚的；前面叠印主要人物和戏剧场面，高岭梅不愧是高手，拍出的效果很好。剧照陈列在正义路口，每一幅都有胡少邦的形象，他很得意，上身涂了很厚的油彩、凡士林，也不觉得难受。

不想胡少邦并未因此受到女同学的青睐。有一天吃饭的时候，他又吹嘘有多少女同学爱他，有一个华侨女生叫陈逸华，人很天真，说："胡少邦，你别胡说八道，叫人笑话！"不想胡少邦勃然大怒，说："怎么没有！就拿你来说：你爱我，我不爱你，你就说出这样的话！"气得陈逸华大哭。

胡少邦发现了真理！真理是"抽象的杠杆定律"。其要义是：万事万物，都有一个抽象的杠杆，只要找到杠杆的支点，则万事万物的问题就可迎刃而解，大至二次大战，小至苍蝇之微，皆清澈洞明，了无粘滞。呜呼，少邦悟此秘旨，何其幸也。此上天予少邦者独厚，非人力所可诘究者也。

他著书立说，油印了好多本，遍赠教授同学。他给系主任冯友兰先生也呈献了一本。冯先生对他说：

"胡少邦！你去年哲学概论就不及格，今年再不及格，你就会被开除。你还是好好读书吧，别搞这一套胡说八道！"

我到郊区教了两年书，没有再见到胡少邦。听说他在莲花池冬泳，得了伤寒，死了。

后来又听说，他没有死，他自费到美国留学，现在还在。